新时代诗库

水调歌头

胡　弦　著

中国言实出版社

图书在版编目(CIP)数据

水调歌头 / 胡弦著 . -- 北京 : 中国言实出版社，
2022.10
ISBN 978-7-5171-4231-7

Ⅰ.①水⋯ Ⅱ.①胡⋯ Ⅲ.①诗集－中国－当代
Ⅳ.①I267

中国版本图书馆CIP数据核字（2022）第193958号

水调歌头

责任编辑：王建玲
责任校对：张天扬

出版发行：中国言实出版社
    地　　址：北京市朝阳区北苑路180号加利大厦5号楼105室
    邮　　编：100101
    编辑部：北京市海淀区花园路6号院B座6层
    邮　　编：100088
    电　　话：010-64924853（总编室）　010-64924716（发行部）
    网　　址：www.zgyscbs.cn　电子邮箱：zgyscbs@263.net

经　　销：新华书店
印　　刷：北京中科印刷有限公司
版　　次：2023年1月第1版　2023年4月第2次印刷
规　　格：880毫米 × 1230毫米　1/32　8.25印张
字　　数：162千字

定　　价：58.00元
书　　号：ISBN 978-7-5171-4231-7

《新时代诗库》编委会

新时代诗库

胡弦，著名诗人。著有诗集《沙漏》、《定风波》、《石雕与蝴蝶》、《星象》、《琥珀里的昆虫》，散文集《永远无法返乡的人》。曾获鲁迅文学奖、十月文学奖、闻一多诗歌奖、徐志摩诗歌奖、花地文学榜年度诗歌奖金奖、腾讯书院文学奖、柔刚诗歌奖等。

Hu Xian, a famous contemporary poet. He is the author of collection of poems such as *Hourglass, Calming the Waves, Stone sculpture* and *Butterfly, Stars, Insects in amber,* and collection of essays, such as *The man who can never go home.* He has won Lu Xun Literature Prize, October Literature Prize, Wen Yiduo Poetry Prize, Xu Zhimo Poetry Prize, Annual Poetry Prize of Huadi Literature List, Tencent Academy Literature Prize, The Rougang Poetry Prize, etc.

目　录

CONTENTS

1

庇护

1

这是那种黄土，干透了的时候，
硬得像石头。又因富有黏性，所以
能结成山丘。下雨时
也不容易被冲刷下来，适合
挖窑洞，安家。在那里，
你曾是女娲，我曾是伏羲；或者，
你是三哥哥，我是四妹子。
这就是庇护：光线从窗格里射进来，
岁月，是镂出花纹的空气。
炕，靠着山体，像靠着牢不可破的安宁。
现在我们回来，它却废弃了，
有的变成了杂物间，有的
空荡荡，仿佛我们过去的生活里隐藏过
情非得已、难以忍受的东西。
当我们在山脚下的小旅馆里醒来，
我们像一群

从墙画里下到地板上的人。
窗外的雨，仿佛已下了一千年。
这一次，我听见了坍塌的声音。

2

我们住过无数房子：
北方的四合院，南方的祖屋。
我们迁徙，从一座房子到另一座房子，
车轮在石板上轧出深深辙痕。
我们乘船远行，如今，
那河道废弛，长满了荒草。
总有道路穿过，把人间
重新串联。走在路上的人
仿佛走在古老的规则间，
像个失败、却一直不曾死掉的人。
我们保存石头，为了那上面的辙痕，
为了希冀的脸、悲伤的脸、害怕的脸。
我们从不保存水，因为，
水，永远是原来的样子，只在
过分冰冷的时候，才像死者的手。
我们造屋，在屋子里饮水，
在新铺的石板上记起和忘却。
一阵风关上了我们的大门，
一个新的小区占据了无主的墓地。

一艘失踪的货船，带着它斑斓的
杂货铺子，停在另一个世界，
在黑暗中寻求永恒的庇护。

3

我们在大自然中安家，
在河流拐弯处安家，
在险处狩猎，在平处种田，
在儿孙的繁衍中忘却时间。
我记得祖母佝偻的腰，老屋案上的香炉。
当我搬进城里，喧嚣和匆忙
像另一种庇护。一天，
有个族老拿着家谱来找我。在他的
风尘仆仆，和窗外
高高云天的静默中，娟秀的小楷，
在绵纸上落下我的名字。
他像个流浪的、最后的家神，
我一直记得他灰扑扑的身影。
城市如此强大，我们的神已变得陌生，
使小镇愈加飘忽、旷远。
老宅荒废了。他返回故乡，如今，
也许已老到不再需要庇护。
后来，他寄来一封信，用的是那种
土黄、有压花暗纹的信笺，

隐秘的图案里，花在开，
太阳圆圆的，像正在发育。

4

我们一直心仪这样的建筑：
烧制的砖瓦，采来的石头、竹木。
廊顶如覆船（"覆"与"福"同音）。
看不见的水，在我们心中有条理地流过。
小瓦细密，谦逊。推窗见月，竹影
随月华的流照在白墙上移动。
盆景，假山，这人工的自然，使所有
走失的山岭在庭院里安居。
变故，得到艺术的庇护时才会
从中诞生安慰。
我们墙上的画也是谦逊的，
峰峦大，屋子小，人物如豆。
高士，美人，看不清面目时，
灵魂更清晰。那也是
一不小心就会离开我们
远去的家园：马头墙永远望着远方。
当春和景明，似乎没有比这更好的人间了，
桌椅安静，柔和的风把美
和对美的认知，吹向木作上的花朵。
而在乱世，断壁残垣，

飘过天空的老乌鸦，像盏迷路的灯。

月亮，像个苍白的人皮灯笼。

5

我出生的村庄是环状的，房屋

建在一圈儿圆环状的台子上（又叫圩），

房门朝向圆心。后墙外是斜坡、水塘。

高台和水塘，都由平地起土所成，

这是平原上战乱年代留下的村庄的形制。

现在，每当我看见有球队比赛，

队员们围成一圈，手

叠放在一起，相互激励，我就想起

我的村庄的形制。

那是一种为了胜利也为了活下去的形制。

后来，我在城里看见古城墙，想起

所有城市都曾是这样的制式：围墙、护城河。

而获取信念的方法是

把手叠放在圆心上，在"嗨"的一声中，

所有的手都像分到了力量。

"嗨"，前语言的状态，一个声音，

一个所有语言回头眺望的原点，

像圆心中央那个虚无的点，虚无又真实，

需要手的庇护，也会

反哺手：当我们的手叠压在那里，

一个起点，一个终点，一个
所有碎片般的手寻找和散去的地方。

6

看到一对恋人依偎的背影，
我想到无数甜蜜的爱，和为之死去的人。
但他们并没有真正死去，
眼前这对恋人的背影，
正是对他们背影的复原。
爱重新开始，成为预言、新的传奇。
在一个场馆里，有人在试图修复一件雕像。
他摆弄着碎块，比画着，手
有时停在空气中，仿佛在虚无里
摸到一截真实的肢体。
我知道一棵大树对院落的庇护，
铜镜对面庞的想念，
压舱石对河流和旅程的爱。
灵魂破裂时，留恋就会从缝隙间开始。
一个朋友曾送给我一块砚台，
是他用老砖头亲手磨成，现在，
它静静躺在我的桌子上，像一口深井。
我知道高墙曾庇护过什么，以及
一口深井怀抱的对手的渴望。

梦的赋形

1

司南，是在光洁的盘子上放一个勺形磁铁，
勺，线条流利，
像个沉湎于远方的神秘星座。
在南京的郑和博物馆里，
我还见过一个青铜砚滴，海螺状，内部，
保存的寂静恰似最深的回声。
星座在天，司南浮于海，这是古中国的又一映像，
而博物馆，像历经曲折寄到我们手里的家书。
结霜之夜，奇妙的爱抚过后，朝霞吹拂，
此为海上奇景，我们
重新出现在那里。
恍如仍是少年，远行，仍是最美的梦。

2

那时，运河两岸多仓库，北方盛稻米，

南方，近海的地方，盛稻米，也盛瓷器。

稻米来自黄土，瓷器来自德化、龙泉、景德镇。

一切都是美的，黄土的黄，是玫瑰黄，杏子黄。

青花，乃静谧之花，有清凉的嗓音。

在洛阳，含嘉仓里，尚存碳化的谷物颗粒，

在宁波，浙东运河尽头，永丰库里有残存的碎瓷。

黍离之悲已由我们的心认领，瓷

还摆放在海底的沉船里：那些异域风情的

酒壶、碗、花尊，是来自中亚的定制。

稻米果腹，难以为衰老的王朝续命；

土木浴火，却诞生了可以远行的艺术。

法国集美博物馆，有一正德青花砚，

器盖上书阿拉伯文，意为"追求书法上的完美，

因为这是存在的关键之一"。

法国人谢阁兰，研究中国碑阙，"每个都那么美！"

他赞叹；后来他出诗集，便以《碑》为名。

沈从文亦好收古瓷，并提倡"活用"，

他用青花碗盛汤，日常之用，介于把玩与活用之间。

3

隋唐大运河，以洛阳为中心。洛阳，"天下之中"，

大业间，帝于此建东都，凿大运河；

其又为"丝绸之路"起点，可西达地中海。

泉州亦有名洛阳镇者，

因"山川胜概，类我洛阳也"，故名。

元时，伊本·白图泰过泉州，见"港内有大船百余艘，
小船无数"，以其为世界最大海港。

有桥名洛阳桥，桥洞四十余，蔡襄所建，跨洛阳江。

江如一条白亮大鱼，总想趁着涨潮游进大海，彼时，
它胸脯起伏，用来呼吸的桥洞仿佛不够用。

4

汉武帝时，张骞通西域，来明驼宛马不绝。

十三世纪末，马可波罗循其道而来，

得皇帝赏识，为官，为使臣，遍游北方，

又沿大运河南下，有游记传世。

数十年后，摩洛哥人伊本·白图泰浮海而来，

在杭州时，闻歌姬唱萨迪诗篇，甚喜，

后沿大运河北上大都，亦有游记传世。

观二人文字，所述中国，类神话。

崔致远亦曾来中国求学，考科举，为官，

文笔极好，拟《檄黄巢书》，天下震动，

后被任命为国信使，返新罗。

高仙芝，唐名将，为高句丽人，好战，

在西域打了不少仗。

有唐一朝，遣唐使多，或以日本人为最。

公元 2020 年，我到霞浦，见有"空海登陆处"，

后世，此僧于日本，类孔子在中国。

空海去长安，白图泰去大都，皆缘大运河行。
那是两条不同的运河，在江苏北部，一条北上，
一条西行，出了吴语区。
北方话现在类普通话，好懂，
但在历史上要复杂得多。
据日本高僧圆仁《入唐求法巡礼行记》载，
其时运河各地，通事（翻译）甚多。
但我以为，水，才是最好的译者，
喝水的舌头，行船的舌头，使国别、朝代、
方言间的交流，都不成其为问题。
郑州有惠济桥，几年前被挖出。一同出土的，
除了桥下的分水口，还有石板上的车辙。
车通南北，水流东西，以此桥为界，
向西，可入长安；向东，可入汴梁。
向西，长安的皇帝在梨园里唱戏，
向东，汴梁的皇帝在宣纸上画鹤，写瘦金体。
朝代浮华，官家风流，大运河里的船
愈沉，河边，城市愈繁华。
过长安继续向西，有郑国渠，长三百里，
为中国早期运河，郑国所修。
郑国者，水利专家，韩国所遣，
其意欲耗秦。为此，
秦王逐客卿，李斯遂上《谏逐客书》，
中有"民无异国"字样。让我想起，
公元 2020 年，中国赠韩国防疫口罩，车上

打一横幅："道不远人，人无异国"，
出自崔致远所撰碑铭。
而此语，前四字来自《中庸》，后四字
来自《谏逐客书》，只不过
这个精通汉语的新罗人，当初撰文时，
把"民"字，改成了"人"字。

5

乾隆和隋炀帝，都喜欢到处跑。
沿运河南下，则以乾隆为甚。
二人都喜作诗，亦以乾隆为甚。
然论诗才，乾隆几万行，不及炀帝二三首。
炀帝时天下大乱，后世每以其荒淫故，修大运河算一桩。
而乾隆下江南，赏景，品美食，和民女调情，
皆为佳话，留行宫诗文传说无数。
炀帝三下扬州，身死国灭，看琼花说，类蔡中郎。
而依钱维城所画，乾隆行宫，在扬州即有六座。
相比于板着脸的正史，民间小故事更有趣，成大部头时，
则称演义，宜负鼓盲翁作场，当下，又为影视剧所好。
现运河两岸，乾隆诗碑最多，风花雪月事最多，
这个高寿的皇帝，在位六十多年，物阜民丰，称盛世。
然我近读有关马嘎尔尼事，却与常说有异。
其人为英国使者，率使团来为乾隆贺寿，
据其所见，村镇敝旧，贫民衣衫破烂，甚而

有争食英人所弃过期面包者。
水师多小木船，士兵操练如儿戏。
这个向往东方的英国佬
有点蒙，带着一肚子疑虑回去了，其时，
在 1792 年。而乾隆崩于 1799 年。十八世纪结束。

6

有个朋友在博物馆工作，善画船。
他说，画船，也就画出了所有的航线。他还说，
船是象，流水也是，而从艺术观，让人激动的
总是另外的完全不同的东西。

从前，我们夸他"画得真像"。后来，
他的画变得越来越抽象。他又说，
那不是抽象，而是，他想画出一种声音。此为绘事之用。

他画的船在大海上航行，但在画布上，色块取消了形象。
船是瞬间，色块破译了那瞬间，这是
危险的艺术：总有尖叫声，从那瞬间里传来。
——总有平静的画面在等待着耳朵。

器识

1

在博物馆里我看到一只水罐，

破裂，又重新被拼好，有几块不见了。

一只这样的水罐，类似遗址，

不是考古学，更像一种遥远的地理学：一处

我们遗失在时间中的住宅。

当初，它被水充满，那水，便再也不是自然之水，

透明、清亮，像一种新生的世界观，

又像人世间最温暖的事。

当它突然破裂，猝然传来的

是卷散裂纹，和解体般的灼热。

2

我在听一只陶罐。

这是另一种圆满："那残缺的部分，

可用来修补它的一生。"

——向着时间上游，由完善的
听觉推动，直到它回到最初的一群。
但这也正是
我们一直面对的折磨：观看，但观看已被终止；
听取，类似绝对的失眠。
在谛听中，一切仍在继续，新的形态
出现在每个人面前时，恍如
爱是比折磨更糟糕的事，
永恒是比短暂更糟糕的事。
你了然于胸，又对这了然一筹莫展。

3

它最早是尖底的，方便在水中翻倒，
当它被充满，多数人看到它装得很少，
少数人看到自己需要得很少。
它的尖底，直立于大地柔软的年代。
后来，它变成了平底的、青铜的、瓷的，
形状和名字都发生了改变，分别叫作
瓶、罐、瓮、碗、杯、壶、炉、爵、尊、鼎……
有的太大，为国之重器，
有的很小，适合晚餐时的放松和欢愉。
内部，大大小小的空
对应着不同的欲望和功能：泡茶，插花，
温酒，无物可盛时，就空着。

——它也会饿，长久的空无使它
慢慢在平静中被恐惧充满，包藏起
一个无法被界定的空间，并加设了密码。
"空间，同样会被饿死。"
仿佛有一张脸从那里
望着我们，带着祈求，但再也不是
一种表达方式。

4

空，早在我们的设计中。
我见过陶器的制作：在一个
电动的转盘上，工匠的手
从一块泥坯的中间开始。
手几乎不动，坯在旋转，中空
越来越大。如果是
大型的器物，工匠的整条臂膀都会伸进去。
由此我知道，它腹中的每一个
微小的去处，都曾接受过抚摸。
手总是贴在内壁上，贴在一个
不断扩大的内空的边缘，
那内空，旋转，吮吸着离心力。
在一颗空心中，仿佛
有个看不见的上帝在歌唱。后来，
当我内心空荡荡，总像处在离散中，

总想聚集，并得到更多。当我一次次

在生活中爬坡，总像

攀爬在器物光滑的内壁上，滑下来时，

像落回到一个陷阱的底部。

5

我的书柜上摆放着一只陶罐，

是诗人徐舒所赠。

他回澳洲前，我们一起研究过它。

他指着上面的几个小凸起说，

这叫釉泪。而我看到的

是几个闪亮的小滴珠，给了质朴的陶罐

一张新的脸。

釉泪，陶在向瓷过渡。流泪，

发生在一种伟大的时刻，为火焰造就。

那是火焰在哭泣，那是欢喜、或悲伤的泪，

那是火在为一只陶罐送行。

后来在一本书上，我看到一只陶盆中的

一张人脸，嵌在网格状的鱼纹中。

我仿佛看到自己的脸，徐舒的脸，很多人的脸，

它在鱼中，在水中，但没有

逐流而去——是时间把它还给了我们。

在南京时，徐舒常来聊诗。这个

漂洋过海的人，对汉语的迷恋

尤胜于我。他不停地抽着烟，脸
隐在烟雾中，有时突然咳嗽，呛出眼泪，让我
看到泪滴的另一种来处。
陶罐在书橱上，不动，但它产生的离心力
一直在扩散，像一种古老、不竭的力。
那些远行的人，有时会在茫然中回头，背后
什么也没有。
他们走着，听着自己的脚步声，不知道
在他们身后，一个无声旋转的空间
一直跟随着他们。

6

这是那能够被听取的器：
作为祭品的镈钟、缶、振铎、磬……
它们是青瓷，最早
是青铜的替代品，但已不能被敲击。
材质之变，使我们的陈述
趋向冥想和沉默，如同
患上了嗜睡症的心理学。
但在博物馆里，它们重新成为礼物，
并从一片失踪的天空中
带回了云，和云纹。
不能被敲击，但其中声音深藏，并一直
要求被听取。这也是

由器识诞生的文艺：那空无中
只有音乐取之不竭。
每次有人来，灯亮起，光
探入那空无，希望能从中有所发现。因为
光像一声问候，而反光会回以尖叫，
仿佛一种发现，在这里，在这里……
如此，一个古老腔体，被跟踪，并成为
音乐一再被确认的地址。

7

我们是受过伤的人，
我们从破裂的古瓷片那里看见
永不愈合的伤口怎样存在，
我们从一只骨灰罐那里，看见死亡怎样存在。
我们像盛满了水的水罐那样站着，
我们像插着花的梅瓶那样站着，
古老的瓶，新鲜的花，共处于
含着恩情的同一个时刻。
像在一个封闭的系统中，从完美的
青花那里我们认识到，
我们自身也是完美的。
我们像振铎，舌头在碰壁，在驾驭着音乐中
最微妙的寂静。
我们像桶底脱落，释放那空。

我们像熏炉，香气

像受惊的鸟群，从我们体内大面积升起。

8

我认识一个隐居的做瓷人，名王志伟，

那是在云和，他两手沾满泥浆，使我想起

一块清瘦如云、名叫云骨的石头。

他在一本书中说：匠心即道心。他认为，

三月的江水是最好的釉色，

而九月的青山痛如一件新瓷。

他常坐在一堆不成功的试验品中间，像个

一直在研究失败的人。

我还认识一位老年的窑工，不知其姓名，

在电炉流行的年代，他坚持烧土窑（名龙窑），

他说，柴焰在这种遗物般的窑里

只能拾级而上，并死在通往博物馆的路上。

那是在鸣鹤镇，古窑址

像个陈旧的祭坛，一潭秋水

清澈得像什么都不曾做过，而阵阵鹤唳

摆脱了地心引力，正消失在许多事

刚刚离去的长空中。

9

陶瓷，易碎品，容易
成为悲伤的个体。
这使我想起"金缮"一词：一种修补术，
又像一种
从事后的心中出发的忏悔。

——我们失过手，搞砸过，然后，
才是这种金色的漆，看上去
静静的，刚开始时，甚至
带着点儿对自己的怀疑，却突然
被一种激烈的热忱认领，剥开自身如剥开

一条火的小溪；然后，
在一条看不见的伤口中我们
提前把自己处理完毕；然后，

像一种来历不明的哲学继续
向完美追问：我们意识到了结束，
同时意识到了无法结束。

压舱石

1

小镇的房屋是翻修的（河下镇），
街道也换成了新的石板（机器切割，平整），
起掉的老石板，堆积在一个大院子里。
它们颜色形状不一（黄麻石、白矾石、青石），
有的，有深深的辙痕。有的
由于长久的践踏，磨蹭，变得光滑，
像柔软的面片——颠簸和棱角早已消失，对这世界
凌厉的态度也消失了，
像一个百货店小老板，在长久的劳作后
躺到躺椅上，身子，软了下来。
而在城里，一座新修的会所里（仿古的式样），
我再次见到几块这样的石板。
这不是对遗物的安置，而是建筑设计的
一部分——含着复古的后现代构想。
它们灰扑扑的，看上去像已停止了感知。
但在落雨的时候，像突然被唤醒了，

变得湿润，发黄或变白。

有一块，由暗红变得鲜红，像一种狂喜。

2

沿着这条河流，有许多神：

王母、黄大仙、七姑娘、观世音、

妈祖（这来自海上的神，汉白玉的雕像，

矗立在泗阳的大运河边）。

船到哪里，我们的神就跟随到哪里。

沿着这条河还有很多妖怪：蛟龙、鲤鱼精、黑风兽……

神大都是好的，妖，则好坏参半。

善者需要佑护，坏人需要恫吓，所以，

我们总是需要更多的神。

暴风骤雨，河公忙碌，

船泊在桥边，蚣蝮也守在那里。

而在这无数的神中，压舱石是什么？

当船空了，我们发现，我们心里也出现了真空。

但你不能把这种真空暴露给波浪，

你仍要让一切都沉甸甸的。

如果神意不明，压舱石，就会给命运一个形体，

放下它，像放好一种神秘的安全感。

这像一个约定：要先完成反对，然后才是祈祷。

3

幸福是静谧的艺术，

是河水无声的流淌，夜的繁密星团，

是早晨的柳丝从船舷边飘过，

是一座薄雾缭绕的村庄。

当我们醒来，

一段石墙是对温暖的记忆，

一朵朵小野花，是昨夜

快乐的神嬉戏后留下的神秘印迹。

北方落了霜，一种

辛苦的奔赴，散落在山间小道上。

又一些年代，像我们的船的行驶，又停下来。

马蹄声声，军队在开拔，河流

仿佛被吓住了，

船的影子在水中颤动。

那庞大的军阵，像一块压舱石，

城门，像一块压舱石，

河边，生锈的铁牛像一块压舱石，

夕阳落下，天边，像有一艘船在等着它，

寺庙，有一段苦行在等着它。

山岳沉沉，像一块压舱石，

无常的黑暗落下，

苦凉大地，承受着施加给它的新的重量。

又一个早晨，船队

依偎在墙根下。女墙斑驳，
这灰扑扑、尚未醒来的大城，
不知是哪个朝代的城。

4

当船在河里航行，
我们的石头也在水中赶路。
辛丑初夏，过修武，见运粮河，
想起一个皇帝（唐德宗）的话："吾父子得生矣！"
访刘禹锡墓，见墓地多巨石。
"对酒临流""野渡临风"，
一生漂泊的人，身似飘蓬，而刻有
先生生平的巨石是重的。
大地是一艘船，园林
像一个小小船舱，而这最后的石头
是大块，是被无数的轻处理过的重。
"秋风起兮白云飞"，
船为大道，秋为天道，
另一个刘郎另一个甲板，
一韵而识人间，再韵而知天命。
日月经天，神女凌波，那被韵律安抚的
震荡的心，按捺住了河流的倾斜。
宋末，文天祥被俘，经海路，入赣，
涉江而东，入大运河北上，

乘船，间或骑马。

"泊船休上岸，不忍见遗民。"

"多少飞樯过，噫吁是北船。"

经高邮、鱼台、东平，河道和帆樯相伴。

一个心有巨石的人，

仰望太行山时才能心绪平静，

望见"大汗之城"才能心绪平静。

他一路作诗，均以地名为题，

他的诗，几乎再造了一条运河：一种

新的创作范式，

看似简单，实为绝响。

5

与船相比，石头更早，

与我们体内的真空相比，船舱更早。

而欲望呢？地图与旅程，祈祷与神，

舌头上的人间与变幻的天堂，断碑与永恒，

哪个更早？

石头，是最早又最迟的那个，当船

从工具变成了我们的身体，这块

与我们一体的石头，像在受孕，又像早已出生。

它从船上卸下来，静静地

铺在小镇的街道上，不动，构成路径，

而每一块，又像拥有各自核心的个体，掌控着我们敏锐的边缘对外界的感知。

6

所有的发生都是旅程。
小时候，在小河里洗澡，坐船，
顺着运河去一个亲戚家，
我并不知道那就是旅程。
一个伙伴淹死了，祖母说，
他是西陵宫的童子，不是死了，是回去了。
西陵宫，一座水底的宫殿。
那时我并不知道，把宫殿建在
看不见的水底，是可信的，
并能保证它长久地存在。
那时，我们不知道是谁开挖了运河，甚至，
不知是谁开挖了屋后的水塘。
从童年起，我们就不太相信有形之物，
而更愿意相信无。
杂技团沿着运河来，我们惊奇于
发生在他们肢体上的不可能。
我每次出门都有个目的地，而对杂技团
旅程的幻想却无始无终。
——这也是神产生的方式：
没有开始，没有结束。
一条鱼，在砧板上是无法成精的，

它要一直在水中，躲过网、鱼叉，最后，
才把无形的陷阱留下来。
压舱石成不了精，
它有形体，木讷，又触手冰冷。
当行程结束，人们把它扔回到岸上。只有
超出了我们掌控的力量，
才会和我们的思想捉迷藏。
而压舱石，实实在在，从不携带任何想象。

谁第一个把石头放进了船舱？
这不重要。
重要的，是把船掀翻的第一个浪头，
它是神的器官，是一种
因可怕而拥有魔力的
语言的开端。

7

石头和水是奇妙的组合。
石头是怀抱，水，是时间和空白；
水是忘却，石头，是宗教和跋涉。
隔一层木板，水，是线条、阴影、空廓、流逝，石头
是个因痛苦而消瘦的人。
猛浪若奔，它默而识之。
流水无情，它默而识之。

8

我们待客以酒，在长亭内，
我们待客以歌，在山岗上，
我们待客以春花秋月，绿水长流，
有时走进岸边的一座酒楼，带着船
遗留在我们身上的摇晃感，并感到
酒楼和时局也在摇晃。
我们待客以茶，斟茶的杯盏，像雨后
刚刚露出的青天一角。
我们待客以长天，以丝绸、稻米、霜夜的篝火。
有时，我们给远方的人写信，
信与石头，在一起，又互不知晓。
当客人散了，船舱空了，
压舱石，是唯一没有被卖掉的东西。
我们待客以石。在船上，
几块石头，进入船舱像进入
我们大脑的黑洞，像几个人，又像
几个沉重的话题在碰头。

9

沿着运河，
杂技团靠柔软的腰肢活着，
说书人靠每晚的故事活着——他发现：

故事里的死者越多，观众就越多，于是，
他再次修改了他的讲述。
大厨和刽子手靠刀子活着，
算卦的人靠一张幌子活着——他说：
你不能靠算准活着，你得靠算不准活着。
沿着运河，官府、寺庙、勾栏瓦肆都活着，
只有压舱石像早已死去，
又像在用自己的后世活着。
它不是必需品，通过它的镇压而获得的
一段宁静，是一些平庸日子的譬喻。
我见过铺在屋檐下的石头，水滴石穿，
它们的身上留下了凹坑。
我还知道一种酷刑，水滴，
不停滴在犯人的头上，直到把脑壳滴穿。

10

夫子乘车，
老子骑青牛，
列子御风。
汉武帝乘船泛中流，扣舷而歌。
他的将军们骑马，用马蹄丈量帝国的国土。
隋炀帝喜造船，
唐太宗如此，
朱棣亦如此。

陆秀夫背着小皇帝蹈海，

杜十娘怒沉百宝箱。

郑和下西洋，

鉴真东渡，

马可波罗沿大运河行。

苏禄国王亦沿大运河行，病逝，葬德州，

其后裔已成山东庄稼汉。

张择端喜画画，

郭守敬喜画图，

马氏游记喜用"大城""天堂"等字眼。

中国诗人种柳，怀古，多名句。

鸿沟干，断桥在，

现在，压舱石多已改为大铁块。

一本古籍中，夫子仍在旅行，传道，

偶叹"逝者如斯夫"。

11

博物馆里不会摆上石头。

博物馆里有船、瓷器、生锈的箭头，

但没有石头。

太简单了，你不会探究石头是怎样做事的。

它就待在那儿，仿佛什么也没有做。

相比于灾难、惊悚、叹惋的叙述，

它的平静几无价值。

装满货物的船，是满载。

装着石头的船，吃水线下沉，而我们知道，

那仍然是空船。

我们祈祷，像有两个人在祈祷，

一个，是每日的功课，在惯性中祈祷；

另一个，大祸临头时，才会惊恐地双手合十。

惊涛骇浪是神的玩具，

哭泣的时代像个哭泣的孩子。其时，

大人会转过身来，以期

孩子能知道为什么哭泣。

最后，一个古老族群的纪念品

仍是孩子的哭泣。

而博物馆里没有石头。

所有的博物馆都缺乏经验：

它有少量的有，和大量的无。

12

小镇，是石头的博物馆，

这些压舱石，铺街，建桥，造寺庙

或竖于街衢要道之冲（刻"石敢当"字样），

保护和它在一起的事物——摇晃的过往，使它

已深深理解了稳固的含义。

而铺路的这些，拼接在一起，

仍是沉默的一群，偶有

未曾摆放好的某块，像一根活动的舌头，
踩上去时，舌头下面，
仿佛压着意义不明的话语。
伟大是什么？是一种荣光，或者
是街巷尽头的一团夕光，照着石板，反射向
街边店铺那幽暗的堂奥深处？
一阵压力，贯穿了我们的情感领域，但有种光
已从伟大的身上被分离出来，像微笑，
或一束被提前兑现的火花。
伟大是魔力，从中脱落的石块
则像我们手头的俗务。
它们是自由的，不再跟随什么，却在
和我们的亲近中不断贬值。
伟大，需要和伟大的问题相伴，
而小镇的灵魂，却仿佛出自工匠之手。石头，
宁愿面对无法回答的问题并沉浸于
不可说的魅惑中。
——你不能后退，一后退，就有一个
这样的小镇在等着你……
但惶恐已过去了，架在溪上的断石
尽显空灵之美，清冷的音乐中，焦灼
和它的意义仿佛都消失了。
有人则设计出了拱桥，在对不安的处理中，
它们叠加在一起，仿佛一种枯竭
但仍然实用的尺度。

或者用来建造寺庙、教堂，或者

拆了寺庙建教堂，又或拆了教堂建寺庙，

恍如在标记：我们造出天堂以证明

我们已来到它的隔壁。

在一座书院内，叠成假山的是另一种石头，

压舱石，用来铺做台阶。

从那里走过的人，也曾站在某个台阶上

陷入虚构的角色和神秘的世界，

并被一个象征掳走。

你相信一块石头，还是用它做成的一个比喻？

书院里的探讨，仿佛

要把庞大的世界，摆放在这小小的

角落里——世界并不知道，它的确

是在被批评中存在的。

但我更喜欢那铺在天井，或埠头的石头，

它们通向一顿晚餐，一个石臼，

盲目的欢乐或现实的困境。

唯有深深的车辙，能够纠正想象力的偏见。

在与波浪脱节的地方，一堆石头的

使用，或浪费，并非出于纪念，

而是源自日常生活的需要。

13

仍可模拟这样的过程：火烧，水浇，

沿缝隙打下楔子，不停敲击，

使石条离析而出。

巨石为整体，石条为个体，这酷刑般的经历，

正是个体确立自己的方式。

巨石为体，石条为用；或者，

石条为体，登船为用；或者，

静静压在舱底为体，

被压住的起伏、颠覆为用。

用的尽头是风平浪静，我们的船就停泊在那里。

14

没有谁比它更熟知那黑暗：一个小空间，

以及偶尔的迷离光线。

此一去，将永不再返回。没有谁

比它更熟知激流、漩涡、险滩、歌吹……

穿州过府，过荒凉朝代，艄公的小曲，

纤夫的号子，都比艺术更负责任。

它熟知水那冒犯的念头，

熟知许多神：只待在某个地方的神。但它

一直不曾遇见真正的神学。

行程漫长，它最烂熟于心的

是晃动，像思考，又并非思考，无法被终止。

一种隐匿的发生，让人昏昏欲睡。

一种奇怪的平衡。

15

压舱石，长 1 米，宽 30 公分，厚 10 公分，
这是大略的尺寸。
它们还可以解为石柱，石块（类砖块），
或用于雕刻，雕成佛头，狮虎，或某种可爱的
小动物，或花卉图案。
有的则更小，不规则，是舍弃的边角料。
我见过那种石佛，可以把玩，
也可以对着它双手合十；
我见过那狮虎，权力变幻的面孔；
我见过那石柱，一种崭新的激情重新
灌注进它们冰冷的躯体；
我也见过那些无用的小石头，
那是在一个古镇的店铺前，桌案上
摆着一张旅游图，风吹来的时候，那图
扇动着边角，想化作鸟儿飞去。
压在上面的小石头，像最后的、无法辨认的象征，
又像一颗古老的种子。

大麓记

岳麓书院始建于北宋，为中国古代四大书院之一。院内有对联曰：纳于大麓，藏之名山。

——题记

1

这厅堂无我。
这厅堂里的空无，
生不能穷之，死不可了结。

在无限量的学问中一直都内含着
一个有形的空间。
那空间中，许多事物失重——真理
永远都只是幸存者。
剩下的，才诞生出亲切的语气。

——即便是肉体，也无法让你确信
自己曾经拥有过什么。因为肉体内
某个矢量在反抗：柱子笔直，裂纹内

总有另外的声音。
而一个句子用它收集的力量把控着
回声的宽度。

哦，是怎样的行为干预着结果？
一个低沉的语调说：死亡
仍是他人的经验。
是的，悲伤一直都是成熟的，
它掠过江水、城墙、群山，山门外街道上
莫名的喧哗，来到这
下午的厅堂里，在光与影的交错中，
像赞美，
又像平静的恐惧。

2

真理在辨析中，
友谊在心里，
动人的诗写在告别的时辰。他们，
一个死去，另一个又活了很久，此后，
才是长久的、整个世界环绕着
一座书院的寂静。
厅内，两把椅子寂静。
（椅子被人拿走过，又拿回来；坏了，
再换上两把新的。）如此，

我们在此，才总像持有另一日。

——我们不缺日子，只是缺少纯粹、

令人骄傲的日子。

而两把椅子在向我们保证，那样的日子

存在，并永远存在。

常春藤爬满墙壁，门联激越，

但每当有人想砸开我们的脑袋分辨

思想的味道，整座书院就会

变成一座血液加速站。

而椅子始终清冽，端坐在告别前的时辰。

动人的，是环绕它们的、

保留了所有声音的寂静；动人的

是这春深里轻佻、愚蠢的行为：一只

轻飘飘的蝴蝶因觉悟了那寂静，

要去人间做长途旅行。

3

光，比语言容纳得更多；

即便在黑暗中，台子

仍可以证明其存在的意义。

——假如白日下你曾眺望远方，此刻，

群山就仍在你心里。

那些台阶，实实在在地存在着，

不会离开自身去取悦某个虚浮的梦境。

踏着它们的准确性，你能

一直走到栏杆那儿，手

像摸到一节驾驭群山的轼木。

黑暗消灭不了任何一粒火，甚至

一个人在黑暗中站得久了，

也会涌起燃烧的冲动。

——恍如仍是那个人，那个人……从前，

周游四方，后来，开坛授课，

在一盏灯下，像无数逝者做过的那样，

从垂死的世界中

采集语言受难般的呼吸。

那样的时辰，只有灯光知道发生过什么：它的宁静，

是案牍、瓶中花、影子非人的耐受性。

而日出是什么？照临是什么？

那浩大的光，使万物在一瞬间

恢复了记忆而忘掉了

一间斗室中微光的经历。

它到来，喷薄而出中带着澎湃、

活跃的意义，又像一盏灯对黑夜

漫长而激烈的研究成果。

4

自然是无情的。

黑松、红枫、乌桕……

都是无情的。

柱础、瓦当、案几、烧制的砖块。
哪里是无缘无故的馈赠？
我们与刀和火在一起。

为了聆听，你要跨过时间来到夫子身边。
为了一场辩论，你要修理舟楫。甚至，
这纸张、油墨也是无情的，我们
只和词、句子在一起。

树皮粗糙，阳光照亮了庭院，
但人世间黑暗的结
等待的是带着魔法的手指。甚至，
句子、词，也是无情的。
风雨，回声，都不曾化身为语言。
是动人的无知和我们在一起。

圣贤如奇迹，
但所有的真理都放弃了温度，
我们和另外的热忱在一起。

5

江水常新。墙上的画像里，
从纤维间泛起的暗黄仿佛

也获得了流速。

在松弛的岁月，时间欢快转动。
时局曾咬住的，已被放弃，掩埋在旧闻中，
像从国家身上拆下的零件，
没有它们，你拼不出真正的完整性。

这才是本质：外在的墙上有种
坚定的口吻，组成一个怀抱并秘密转动。

——仍有事要做，纸，线条
已化为强硬之物，保护着它认定的……
意识不到结束并沉浸在某种
不断调节的进程中。

6

树液从树中流出，
苔藓在廊庑下生长。
天空湛蓝，这湛蓝倒映在门海、
水池，和江水中。恍如
静默的源头，才拥有可以讨论的支流。

而构成台阶的，不是碱性的集册，
而是句子那酸性的结构。

上山，带着斗拱间阴影的脸，穿过
葱郁林木如穿过无数
时代和幻象。在山顶，雨，
像从另外的空间里落下的不明之物。
一个打着伞的人像不明之物。
沿着湿漉漉的台阶，痛苦
一旦赶上来就变成了不明之物。
我记得上次登临，天地澄明。
现在，雨落着，
传说已外化为多变的天气。雨，
也像有了更深邃的感情。

7

案头急迫——
在混乱中，在利刃、炮弹闯入的时候，
它一直都像是最后的案头。
痛苦无用。有人会回来，
收拾废墟，把国家的心灵重新放进
孩子们清新的呼吸中。
（祭祀，课徒，句子推开混乱的现状，
完善着真正的生存学。）
眩晕，用于崩溃后的第一日。
他站在古樟下，以其越来越内在的力量，
清除手势中的低级感受。

哦，那是何物？比情感更震撼，

火留下灰烬而它

一直在燃烧却没有足迹？

亭子前，有个从孤独世界归来的女孩，

带着欢乐的轮廓与表情。

（他觉得他仍然爱着她，包括她的背影、笑声。）

悬山上升，檐兽像灵魂的替代物，

从窗口望出去，夕阳，再过半个时辰，

就将度过它完整的一生。

8

白纸空旷。

阴影被最终的抵达困扰。大麓，

将自己缓缓献出。

在一阵鸟鸣，一朵梅花，或猛烈的风暴里，

我们得到过不同的东西。

凭借书写，峰峦重新感知怎样存在。

一种苦苦追索制造的牵引力，使它们心中

沉甸甸的秘密再次启动。

有时毛笔高悬，整个山脉预感到

即将从一滴墨中释放的东西。

一个笔画，一道深渊，一个思索在晦暗中
艰难的转身。

这旷古的逍遥游，又如
蛮横的统治：小溪、怪石、阵阵松涛，
都在朝某种意志里集合。

9

山河如迷醉的激情。
恍惚的时代过后，它是凝神的那部分。
——它知道什么大于著述。

犹如在接受那出现，一座山峰
破雾而来，仿佛要带领
一个国度从重重困惑中挣脱。其后，

在明月下读书，
或下棋，才是有趣的事，
仿佛携带更多的，已不是心智，而是凉意。
但树影仍是凌乱的，隐逸者
也会突然接受那摇撼，并意识到有什么
正在我们内心里乱画。

——碎片里仍旧有声音传来。

白云再次出现的时候，仿佛
天空中的一切都不同了。
——而松树的鳞纹则永远是个谜。

10

像在一个未知的世界中，
危崖，思考过与自身体积不相称的事。
砚井那陡峭的深壁，保留了
与现实比邻、结合的感觉。
"在所有的缘由中，山体是超脱的一个"
"但那并非靠近源头的一个。"
一阵阳光探入内心的争吵，以其摸索的手。
街道上，融化的沥青冷却，现出裂纹。
风总在外面。山峰，
你亲近它，才知道它对间肆间
所有的拱门都感兴趣。
满山草木披挂着露珠，仿佛
古老的追逐从未结束。而课徒，
像领着悬崖散步——这些巨人族，将要
登高一呼的人，奔走天下的人，
暂时陷入沉思和光线的颤动。
山径上空，花鹊在飞，像翻动的书页。
有时他加快脚步，额头
仿佛夕阳烧红的山巅之一角……
古老的疼痛，仿佛一切智慧皆如此。

临流而居

沱江·沈从文故居

年代起伏，花朵晃动。
多么年轻哦，照片里的笑容……

"房间深处，只有一件事
是幸存的事：一个我死去，另一个我
却留了下来，活在
你洁白旗袍的宁静中。"

石门湾·丰子恺故居

镇子和运河都灰灰的，适合
手绘的庭院，和日常沉醉的趣味。
窗前植芭蕉，天井放一架秋千，
饮酒，食蟹，在大国家里过小日子。
一切都是完美的，除了墙体内
两块烧焦的门板（曾在火中痉挛，

如今是又冷又暗的木炭），

与他在发黄的照片里（病中的某次合影）

焦枯的面容何其相似。

小镇的士大夫，画小画，写小楷，最后，

却成了大时代命运的收集者。据说，

日寇轰炸前他回过旧居，只为再看一眼。

而我记得的是，他年轻时去杭州

喜乘船，把一天的路程走成两天。途中

在一个叫塘栖的小镇（浙东运河的起点）

上岸，过夜。有次，

他买了些枇杷送给船夫。

而船夫们感激着微小的馈赠，不辨

大人与小人，把每一个

穿长衫和西服的人，都叫作先生。

临江·卞之琳艺术馆

人回忆自己的一生时，总会有

不完整感。恍如这一生，

是不曾经历的另一生的断章。

父辈漂流至此，他的出现，

是从一个家族里离析而出的断章。

海门，大海之门，

广阔的世界等着所有人。

而求学类似遨游，在上海，北京，

他渐渐成了一条现代派的鱼。

据说鱼的记忆只有七秒，那七秒是断章，

而一弯新月却拥有

中国早期新诗的全部记忆。

那一年，他去了延安，

当他返回成都，这个年轻的教师

已被川大解雇。后来，

他远赴昆明，到西南联大。再后来，

又回到北京……一段段路

各自成为断章，伫立过的桥

在回望中成为不同的风景。恍如

明月与窗口不断转换，漂洋过海，

苦恋，而挚爱仿佛失踪的断章。

但伤感会慢慢退向背景，因为他翻译的

别人的悲剧太精彩；他从

自己的诗中截取的断章太精彩。

是的，有一首更长更完整的诗，但他

并不顾及那完整，某种新的感受

在断开处开始生长，有了新的意义。

极目远眺，人生漫长，而反顾间，

又短短如桌上的一支尺八，

精妙乐声，是从日常嘈杂中捡到的断章。

在这座新建的房子里，有座桥，模拟的

是远方那无尽的沉默被引领到这里。

桥，高高悬着，仿佛架构在

一个借居此间、无法探究的空间里。
站在桥上，可以俯视整个大厅。
墙上，无数图片、条目，仍在试图
连缀出完整性。而若是顺着
一节一节断章式的楼梯
走下来，可以走进众多房间中的一个，
桌子、橱柜、沙发，都是旧物，仍是他
北京家中书房的摆设。
一套茶具也像刚刚被用过，主人
出门散步尚未回来。
地毯上有把摇椅，只要摇动，仿佛
就有故事被源源不断漾出。
但摇椅不动。静止，是从无数摇晃中
取回的断章，使空气、语言
和整座建筑都无比稳固。
——它懂得，并默默维护着这稳固。

大堰河·艾青故居*

从这里出走，去远方。
而我们沿着相反的方向，来看他的故居。
——并非来自他讲述的时空：如果
有回声，我们更像那回声
分裂后的产物。
老宅是旧的，但探访永远是

新的发生——在这世上，没有一种悲伤，
不是挽歌所造就。我们
在玻璃柜前观看旧诗集，说着话，嗓音
总像在被另外、不认识的人借用。
他不在场，我们该怎样和他说话？一个
自称是保姆的儿子的老者
在门槛外追述，制造出一种奇异的在场感。
——我感到我是爱他的，在树下，在楼梯的
吱嘎声中，我仿佛在领着一个从前的孩童
拐过转角，去看他贴在墙上的一生。
从窗口望出去，是他的铜像
在和另一个铜像交谈，神采焕发，完全
适合另一个地方的另一段时光。
老墙斑驳，但我已理解了
那雕像在一个瞬间里找到的东西。
滴着小雨，铜闪亮，我感受着
金属的年轻，和它心中的凉意与欢畅。
他结过三次婚（另一扇窗外，双尖山苍翠，
在旧物中，只有它负责永远年轻），
被捕过，劳改过，出过国，在画画的时候
爱上了写诗——他在狱中写诗。
——昨天不是像什么，而是
是什么。他的半身像伫立在大门外，手指间
夹一根烟，面目沧桑，对着
无数来人仿佛

已可以为自己思考过的负责，为自己的
一生负责——最重要的
是灵魂不能被捕，即便
被画过，被诗句搬运，被流放和抚慰——
它仍需要返乡。直到
雕像出现在祖宅里，他的一生
才有了真正的结局。我凝视他的眼，里面
有种很少使用的透视法则。而发黄的照片上，
形象，一直在和改变作斗争，以期
有人讲述时，那已散失的部分，能够跟上
进入另一时空的向导。而为什么我们
要在此间流连？当老房子
已无人居住，仿佛有种
被忽略的意义，像我们早年攒下的零钱。
而穿过疑虑、嘈杂、真空，一尊铜像
已可以慢慢散步回家。
又像一个沙漏，内部漏空了，只剩下
可以悬空存在的耐心：一种
看不见的充盈放弃了形状，在讲述之外，
正被古建筑严谨的刻度吸收。

*大堰河为艾青幼时保姆的名字。

副歌：临流而居

1

我喜欢在水边看鸟。
我知道鸟儿搭在芦苇上的窝：摇晃、
摆来摆去的家，像可以反复讲述
又包含着无穷的小戏剧。

翠鸟喜欢静立，
麻雀则叽喳着，成群地盘旋，呼啸而去。
有时是几只燕子，
顽皮地俯冲下来，翅尖点向水面，
涟漪，一圈圈扩散，水面
像个失效的表盘。

而从芦苇起伏的苇尖上滑过的风，
像一种被反复浪费的光阴。

2

故居是部分的肉体。
当我们开始漂泊，像离开了自己的肉体。

当我们回来，它如此熟悉，
又像已变成了别的事物。

有的房子会被子孙继承，
有的被陌生人居住，
有的则荒废了——墙上，生活在
发黄照片里的人，无暇外顾。

——看上去的确有些疯狂，当往昔
仍有能力释放寒冷，老房间里，光线
胀满裂纹。钟摆
听诊器一样在我们内心晃动……
在调整自己和时代的关系。

3

无锡，靠近清明桥的古运河边，
有许多民居。
我的一个朋友曾住在那里，
听她回忆童年是件有意思的事，比如，
那楼梯上的小女孩，是她，
又像只是个出现在她讲述中的人。
——是讲述，让我们意识到
和自己早已拉开的距离。

此中有种莫名的兴奋，就像在
清晨的后窗俯瞰运河，
俯瞰乌篷船、洗菜的妇人，
然后穿过房间，来到临街的阳台。
饿了，年老的祖母在熬粥。
街景晦暗，像厨房墙壁的颜色，
煤球炉的烟，加剧了等待的漫长，如果
不太饿，那等待则饶有趣味。
偶尔敲锣打鼓，父母跟随人群
从楼下走过，随运河去远方。
他们的面孔贫瘠而模糊。
有次母亲回来，带来一颗软糖，
甜得粘牙，仿佛能把喉咙融化掉。
时代和苦难都太大了，
但大人，仍会去贿赂自己的孩子，
让他们以为，他们的童年
仿佛发生在别的地方。
直到有一天，他们回来，说，不走了。
这次，他们带回来很多软糖，
母亲把它们倒在小桌子上，
她被那场景深深震撼，五颜六色的糖果
像远远超出想象的幸福，
从一个袋子里一下子被倾倒出来。

4

我们的心，不是无牵无挂的河流。

我们的心是运河，要有船在上面走，它才存在。

我们的心是季节河，有时干枯，有时丰沛。

我们的心是建在岸上的房子。

流水，每时每刻都在逝去；房子，

短时间内看去毫无变化，

但它却比河流更容易坏掉。

5

那些建在岸上的房子，望着流水，

守着河的每时每刻。

那些建在岸下边的房子，屋顶

比堤坝还低。

河对它们来说就是远方；从岸上

下来的人就是远方。

泥沙沉落，河流升高，它的

世界观也在慢慢转变，

对一座城的态度也在慢慢改变：波浪的爪子，

总有种触碰城墙的冲动。

河流经过村镇，也经过无人的荒野，

当洪水暴涨，陌生的兴奋中，它要替

一只陌生的野兽发出吼叫。

当它平静下来，岁月才变得真实，才会用

一种来自内心的爱创造出语言。

岸上的村庄不是幸福，倒影

在水中的摇曳才是幸福。

旅程很长，我们的船会到达预言的尽头。

房子建在岸边，是永不结束的旅程的见证。

6

我到过山顶的房子，俯瞰中，

山下的河流如白亮线条，像是静止的。

我到过建在湖边的房子，岁月安逸，

大湖，像养在门前的一只小动物。

我曾在吊脚楼上暂住，意识到脚

如果伸得过长，的确会让记忆变得不安。

我见过被流水冲垮的房子，

它们慢慢倾斜，移动，被吞噬。

洪峰过境，我曾站在那样的岸上，体会着

作为岸的真正心理，以及

掌控一条河所需要的全部战栗。

我曾仰望高大堤坝——它不断被加高，

在空中建立起压迫和威胁。

而站在大坝上远望，平畴，像一幅即将被撕毁的地图。

"首先要清楚绝望者的心理，然后，

才能理解信仰——"

洪峰过境，波浪，如滔滔群鼓，

激荡，带着蛮力，像噩梦，像碎石机，
昂着头，像一个全新的危险物种。

7

寿春，居淮河南岸，淝水出其岭，
如今的小城，曾四次为都，十次为郡。
这也许是中国现存最完整的古城，
午后，一个工人拎着灰桶，在给城墙勾缝。
他说，来洪水的时候，用沙袋堵住城门，
城墙就是最后的堤防。
有一年大洪水，水位太高，然城阙安然，
孩童，坐在城墙上洗脚……
我被他的描述镇住了，
不是滔滔洪水，是一个孩童坐在城墙上
把脚搭在水里。
不是轻浮的骄傲，是有着
纤维一样单薄背影的人，
曾怎样和洪峰在一起。

8

我们热爱水。
我们把房子建在河流转弯的地方，
那弯，像一个臂弯。

茅屋，四合院，精美的园林……
我们的建筑学是生存学。
高士坐在树下，亭子建在路边，农人在田野里，
而运河已连通了所有河流，
以之构建我们的精神水系。

世事难平，最后，水面是平的。
河流会改道，所有新房
都是对废墟的重建。
在一块青砖上，我们触摸到人世的最高法则。

在那些废弃的运河边，岁月
不会改变其流水的本性。
每间农舍，每条街道，都是神圣的，
像庙宇一样神圣，像教堂一样神圣，
像太阳的光照一样神圣。

在建筑中，我们才能安度每一个夜晚，
那是星空浩荡的夜晚，也是
明月无数的夜晚：它泊在我们的窗口，泊在水中，
停靠在树杈间。
它去旷野上探险——那是
保留了亘古沉默的旷野，情绪化的明月
一次次试图去触动它。在那里，

流水无声，埋掉的死者变成了蝴蝶，
山脉，像夜航船，在朦胧的
光线中微微弓着身子。

断流，或步道开始的地方

1

我的父母都老了，散步
几乎是他们晚年唯一的爱好。
母亲腰椎间盘突出，需要佝偻着身子，
扶着小轮车往前走。
父亲跟在后面，脚步迟缓，
我曾给他买过一根拐杖，他不用。他认为，
一旦上手，就丢不掉了。
这也是我母亲当初对小轮车的态度，
对降压药的态度，对二甲双胍、
格列美脲的态度。
我父亲跟在后面走着，母亲蹒跚的步履
是他面对的难题。家里，
一根崭新的手杖是他即将面对的难题。
黄河故道大堤上长长的步道，
是他们共同面对的难题。

2

我父母散步的时候，喜欢用
马路对面的建筑物做标记：
他们走过农贸市场、海关大楼，然后
到了铜牛那儿（一只硕大奔牛，上个世纪铸就）。
而河道看过去，一段又一段
没有区别，无法用来做标记。

铜牛那儿是个热闹的所在，像个
娱乐场：人们打牌、说书、唱拉魂腔……
每个游戏，都有一个自己的中心和旋涡，仿佛
新的力量和不知名的兴奋
在驱动，在排除
一条老河那停滞不前的障碍……

如果再往前，河岸上会有一只明代的铁牛。
他们已老了，很少再能走到那儿。
通常，他们在铜牛那儿停下来。而那里
像有个瞬间崩溃的闸门，释放出
热闹的人群像释放
它储存已久的一团团阴影。

3

我母亲的家族曾是这城里的望族，
出过状元（此地唯一的状元），
他们祖上的产业曾是半条小街的商铺。
而我的父亲来自南方。
他们的结合，像两条河流交汇在一起。
任何婚姻都是这样，都像河流
转嫁在人身上的东西。所以，
此一承担是内在的风景，受到过引导；
所以，这河流并未被耗尽。
而步道，则是一段被重新修复的过往，
它来自河流的多重性，也来自
家族内部浑浊难明的黑暗。
天地造化接通了日常，联结着人们
回家的脚步，和一栋居民楼里
被灯光照亮的天花板。

4

步道在大堤高处，上去的时候，
我父亲帮母亲推着车子，或者
两人一起推着车子。
微微用力的倾斜背影，
藏着支撑他们一生的坡度。

黄河一直都在高处。
年轻的时候，父亲拉着板车上桥，
一使劲儿就从
河的这边到了那边。
在他的一生中，坡度
一直都是隐秘、不自觉的，却在他晚年
某个秋天的傍晚，
突然显现在他面前。

年轻时他们总是争吵，
现在已好多了。
但每当我陪着他们散步的时候，他们仍会为
彼此不同的记忆而争吵。
有时则迟疑着，面对
岁月那头的自身经历，有些拿不准，
像面对一种全新的图景。

他们上坡时，高处的黄河故道
像在他们家壁橱顶端搁置多年的
一只蒙尘的空盒子。

5

我的父母习惯在早晨和傍晚去散步，

这时候他们的影子拉得最长。

——像有更多的暗影从他们的一生中
泄露出来。
更多，但稀薄，没有重量。

6

毫无疑问，我的父母喜欢这步道，
也喜欢在木椅子上面河而坐，
像夜晚的年轻人那样，
只是不用再考虑爱谁，和谁在一起。

有时步道和椅子上都空荡荡，
但在那上面坐过的无数身影
像刚刚离去。仿佛
只是有人在那里坐了一会儿，河
就断流了，就从一个咆哮的父亲变成了
安静的邻居。

7

我的父母消失在人群中。
在铜牛那儿，他们每天消失一次。

关于这条河，父亲说，它曾叫泗水，
后来，又叫黄河、大运河……
（让我想起，五十年代末，
他也曾是个大学生。）
现在，他却爱上了纸牌、评书、拉魂腔。
他喜欢谈论大世界，
但小事件常常令他恐惧。
拉魂腔，那浑浊的腔调像一种应答。
但一生中颠覆的东西太多，当他在谈论中
把一张不真实的脸转向我，
我知道，他需要的，
实际上仍是相信什么的问题。

像个好事者，他爱上了
用戏剧化的语言谈古论今。
而母亲，却患上了轻度阿尔茨海默病，
把更多的沉默注入
他们共同的生活中。当他扶着母亲走下
大堤的时候，偶尔会回头望一望，
仿佛望到了某种悬浮在
传说之上的真实性。

8

——大河，一直都悬在高处，

向经过的光阴灌注它的意志。

岁月滔滔，所谓朝代特征，仿佛

仅仅来自它任性的心灵。

（这多么像一个人。）

它流淌，沉浸于霸权般的

自我抒情，水面

即便平静无波，也带着压迫、蔑视，控制着

人间起伏和七情六欲。

（这多么像一个人。）

它桀骜不驯，简单又复杂，力量

不屑于在表象之下潜伏。

它总是不够，总是发生并再次发生，不关心

沿河两岸发生的事。

（这多么像一个人。）

无数次，它痛快地做过了，又像

关于痛苦的无法结束的滥觞。

它呼啸而过，总是处在情感的顶峰，使我们的灵魂

吃力地、依托和它对抗的堤坝显形。

（这多么像我们的另一个父亲！）

而当岁月过尽，它却从中析出了

最温柔的一面：

一只老铁牛，无所事事地卧在夕晖里。

又像个小女孩儿，正在垂柳下玩耍，

唱着古老的歌。

经过：从秦淮河到颐和路

1

那时我住在莫愁新寓，
过秦淮河去上班。我留意到
河水拍打堤岸的声音，并非取消，而是建立。
那声音中有种执着，和对永恒的认知，
穿过时间、朝代、无数人的一生，
这与河水穿过城市流向长江完全不同。
河边有人在下棋，车马炮，
楚河汉界：具象被抽离——从那
令人惊悚的历史中，产生了娱乐和游戏。
河上有座桥。过桥后有两条路，
一条经龙蟠里，过方苞祠堂、魏源故居。
另一条，经乌龙潭公园，过颜鲁公祠。
不同的选择，将路过不同的朝代，遇见不同的人。
而在不同的地方站一站，我要么面朝大海，要么
陪一陪一个目眦尽裂的人。而如果
时间紧迫，我将快步穿过清晨。路边的树

则倒退，我快，它也快，我慢，它也慢，
我停下，他也陪我站着不动。
但时间快到了，我继续加快脚步，并想起
另一些地方另一些树的
前进，倒退，或不动。它们是不同的树，
有各自不同的种属，却更容易
让人意识到那些永在的东西。

2

一个人捂着腹部挣扎着过街，
所有车辆停住，为他让路。
红灯数着数字，于是诞生了一种新的
临时的秩序。
随后，人群汇流，那个人消失在
马路对面的医院里。
每天上班我都路过这个路口。
而这座建筑，总是人满为患。在它内部，
我认识一个穿白大褂的人。
他打开那些病体，阅读那些疼痛像阅读一封
不明地方寄来的信。
他读懂了，开药方。药方，像给远方
一个不知道是谁的人回的信。
而病人扣上衣扣，取药，
像一封重新封好的信，被投递回人群。

有时他不知道那是什么病。

他知道他碰上的不是病，而是命。

那携带着他的绝望离去的人

是另一种信，带着宽慰、谎言、药（那药，

已知道自己是无用的），

经过收费处、取药处、出口，以及

那个总是拥堵的路口。

在路口那儿，人，仿佛才是真实的。

3

这些楼房，建在一座消逝的园林里（随园）。

当年，它誉满天下，是大观园的原型。

变迁，犹如歇斯底里的魔法。而我

是像光线这样单纯地穿过这个早晨，还是

依次经过百步坡、随家仓、宁海路？

每个名字都活着，仍想从我走过的

这个普通的早晨里得到些什么。

脚下的路曾经是一条河。

山头曾被削去，改作梯田，后来，

又被挖出一个体育场。现在，

山的高度已被玻璃楼房分去。而山腹内

有座车库改成的书店，无数次望着它

墙上的标语："大地上的异乡者"，就会想起，

被眺望和漂泊耗掉的无数早晨。

而头顶的体育场，昨晚是璀璨狂欢，

现在，座位挨着座位，是个寂静的大坑。

4

消亡有多种。同一种悲哀是，

它们见不到下一个黎明。

一块纪念遇难者的石碑立在桥头（汉中门大桥）。

桥上是车流、行人的匆匆，只有

站着不动的，还滞留在恐惧中。

只有另一种时间被叫作记忆，它们

和匆匆之物一样在抗衡流逝。

炼丹，吃维生素，或躲进避难所。

但总有利刃把人群驱赶出来。

血会哭，脸会求救，子弹会终止心跳，

回忆录会弄伤灵魂，和抑郁症。

我们的讲述总会这样开始：灾难从天而降。

天，一个我们臆造的暗盒，所有

视而不见的都在其中。

一座建筑，我曾走进它的玻璃转门，

看见"欢迎光临"的字样。

我从那儿离去，讲解员说着"再见"。实际上，

她一直在讲解什么是永不能再见；实际上，

每次离开，我都像是

从一座跨过河流的大桥那儿离去的。

5

我曾在其中工作过的颐和路二号
是座民国建筑，最早，名泽存书库。
（父母殁而不能读，手泽存焉。《礼记》）
窗外的环岛里（江苏路、颐和路、山西路、宁海路
在这里交会），有个半圆形建筑。
据记载，它最早是圆形的，后来，
修江苏路时劈掉了一半，
那劈开的地方变成了它的前脸。
每天，它望着马路，望着自己的另一半消失的地方。
时间中总有暴力出没，抢劫，且从不归还。
柔情只给予剩下的东西，直到
半圆变得完美，悖论变得完美；招牌
变黄，变黑，曾经的未来变得像个古董。
太晚了，思考不会再带来伤害，
就像命名里的感情，一直是种新的感情。
就像劈开一座建筑，得到一张新的脸。

6

江苏路是后来修建的路，
以之为界，地图分为两种（新的和旧的）。
路边有座教堂（靠近大方巷入口），
以之为界，人分为两种（信它的和不信它的）。

高大的悬铃木覆盖了这里的每一条街道，
它们不断蜕皮，像无所事事，又像苦于
某种表达，因一直流于表面而无法
说出自己真正的内心。
高高低低，所有铃铛都沉默着，从不发声。

在游船上，又舍舟登岸

1

船滑动着，风吹着，

水是放松的，

这其中，有种可以信赖的东西。

它是心情，还是道理？

船浮在水上，解说词不是发生，是发明，

没有人在传说里，那里是空的。

如果要重新认识一条河，必须等到灾难过后，

但如果你得到的只是传说，

就像一个哭过的人得到一朵安慰的花，

那不是说法，仅仅是

另外的说法。

有个幻觉是，历史会收藏生活，

那发生的、不能被约束的，都被约束了，

你看，平滑水面，

转眼抹去了船尾拖出的水痕。

有个老人像个快乐的孩子，

红漆漆的船带着烧灼感，

河道退向浮尘、草木，而传说太慢，

落在了后面。神秘和威胁

被讲述的时候，落在了后面。

船在滑动——它一直都在表面上滑动。

一个拐弯是完美的，但研究者发现，

它的完美，正是故事脱节的地方。

研究是种沉默的工作，

而游览是听发动机突突响，

强有力的声音，与回答共存，

当回答中断的时候，我们认为

是发动机打断了它。

阳光很好，清风徐徐，

在把什么东西吹来又吹走。

吹进窗子，吹着吃水果的人（有人送来了水果），

我们边吃边讨论，把核吐出来，

像吐出一张人的脸。

水果，像不断再生的古董，

像遗留问题。

有人说，要把整个水果埋到土里，

才有可能长出树苗，被我们

吐出的核没有这个作用。

但那核里，也可能是个避难所。

它一直受到庇护，重新长出来，

并被卷入这正流动的场景。

而讲述是什么？是吃掉的？还是剩下的？

有个核在手心里，

我们就无法和自己通畅地交流，

像有沉默的人加入，像船在某个

我们一直不了解的地方犹疑，打转。

昨晚下了一场雨，

水位，正触摸它昨天还无法触到的高度。

风大一些的时候，浪花更像纸花。

水不断打开自己，微小的艺术更有幸福感。

我们对水说，嘘，不要泛滥，

仿佛对着一整个乐队只要它的一支单簧管。

所有的幸福都不伟大，

都小于岸，

像我们从远处眺望到的帆影，

或一艘船轻飘飘的样子，

或一艘货船低低的，假装在水里走不动了。

在幸福里才方便耍赖。

所有幸福，都是容易被忽略的，相反，

疾风骤雨、暗涌更有存在感，比起

人的惊呼，大堤的崩塌声传得更远。

人类的灾难，是时间

倾尽了自身仍然无法搞明白的东西，

是争论无法搞明白的东西。

船已靠岸，

是的，终点到了。

我们跳上岸，
跳出了某个话题的边界，也跳出了某种
因回忆而产生的急迫感。
水仍在河道里，
声音却继续泛滥。
一个波浪被推动到水的边缘，像有一句话
想跟到岸上来，被护坡挡了回去。
再一次，我们期待什么，什么
就在那里消失了。

2

牌坊，亭子，古色古香的塔。
（据说它们来自
线装书里的一段叙述。）
古城曾繁华，这确凿无疑，
但对于那些消失的朝代，从书本里
抬起头的人都有些茫然。
这用于俯瞰的城墙，现在
陷身闹市，只能用于朝时间深处张望。
我们在灯下翻阅，运河中
作为风景的水并不流动。当初，
催促人们书写的力量
已提前消失了。而任何文字
都不会在阅读中死去：不是水，

是这些文字在保护它书写的一切。

浮世交给游船吧。许多事

在文字间拖得太久了，以至于我们

都倦怠下来。甚至，

觉得没必要知道得更详细。

当我们想清楚了那其中的秘密，比如

面对这修缮一新的会馆和钞关，

觉得，历史正该如此维持。又疑心

哪里有些不对，仿佛

解说者用语气藏起了什么。

在门票、喧哗，或反常的寂静中，

忠实而肯定的过去，又仅仅

像从线索中分蘖的似是而非的东西。

是的，所有线索里，

运河无疑是最大的一条。

倾斜的记忆，总像会在某个夜晚的

码头登陆，潜入

我们的生活而我们不知不觉。

这是我们的时代，船作为模型被展览。

这也是古老的时代，一张泛黄的

公文，细读之下，感觉它对于我们的生活

仍在起作用。

不管你怎样端详，仿古建筑

都试图有一个称职的表情。

我们在河边的船廊里散步，看见

平静的水面仍在截取镜像。

在所有时代里它都是这么干的，

如此伟大的技艺，忠实，准确，却常常

又被忽略为无关紧要。在它们

进入未来某个人的思索之前，它们

徒然地记录着发生的一切，

直到一种深深的疑虑像一幅画，或者

置于显影板上的一张 X 光片。

而波浪是不真实的，它代表了

许多无法细究其意义的瞬间。

有时，愿景像巨浪一样倒塌，太突然的

变故，甚至来不及产生教训，

就被转换成上帝般的语气，和宣纸上的技法。

运河边，彩灯亮了，河水

被干预，变幻着颜色，仍然是

一个适合我们生活的地方。有人

把雾气处理得像一声叹息，并觉得，

想不明白的东西，

这样呈现是恰当的。

多好的艺术，多么糟糕的方式。当那

被辜负的镜像从遗忘中

重新浮现，仍是陌生的。

那么多世代过去了，我们从不曾领悟

一面镜子内心真实的愿望。

铜镜、玉器、陶瓷、柱础、箭镞……

松散生活中的严格之物，备受
珍惜中暗藏的方向和误差。
民谣、唱腔、船夫号子……
生动的声音和它的血统，以及
不容置疑的心跳。
风，像惯性一样吹着沿岸，它的任性中
只有决定，并无见解。
在戏台那儿，高潮和情节都常常会
突然陷入锣鼓急刹出的寂静，形成一个
短暂、难以被理解的空缺，
让人拿不准，是否还有
另外的生活隐身其中。

寻墨记

1

光线腐烂后，另外的知觉从内部
将它撑满。
当胶质有所觉悟，又有许多人逝去了。
浩渺黑暗，涌向凸起的寂静喉结……
——傍晚，当我们返回，新墨既成，那么黑如同
深深的遗忘。

2

我熟知四个与墨为伴的人：
第一个是盲者，他认为，将万物
存放于他的理解力中是正确的，因为不会被染黑。
他对研墨的看法：无用，但那是所有的手
需要穿过的迷宫。
第二个说："唯有在墨中才知道，
另一个人还活着。"说完，他的脸

就黑了下来，出现在斑斓戏服里。
在那里，墨成为色彩存在的依据。
第三个刚从殡仪馆回来，一言不发且带着
墨的气味、寒冷，和尊严。
第四个在书写，在倾听
一张白纸的空旷，和那纸对空旷感的处理。
他告知打探消息的人：事情
比外界所知的更加离奇，但所有
亲临现场者都要保守秘密，
因为这是结局。

3

"……如果已醒来，
它就不再完全像一个物体。"
确乎如此，比如陈年的墨香会带来困惑，
类似冰凉的雾气。
那年在徽州，对着一枚太极图，你说，
那两条鱼其实是
同一条。一条，不过是另一条在内心
对自己的诘问。
——但不需要波浪。正是与水有关的念头
在导致感官的疯狂。

4

门楼。镂花长窗。我们曾无数次
路过那里，遇见柿子树向古老庭院的请安。
红木上的梅枝，是春暮时重逢的心境。
在窗前，我们谈论日子的变幻。
有时朝远方眺望，郊原空蒙，雨水
落向石头上笔画开始的地方，让人想起
那些忍受岁月的额头，在词条里是笨拙的。
案头，磨损的毛笔安睡，碰见
留着幻觉的手时才会醒来。
抽屉里的残卷有淡淡的药香，
若闭上眼，烟缕、偏头疼、音乐，都在其中升起。
一根细长的飘带天籁般飘过，
被爱过的人薄如蝉翼——

5

"太黑了！开了灯吧。"
多年前我们在南京求学，那时，对墨的使用
如同猜谜（一个夙愿：总想要
跨过另外的界线看看自己）。
艺术系、晕染术、青春与插花……
——由表及里的黑暗中，当我们
偶尔猜到谜底，某种

至关重要的东西又会抽身离去。

在贴满大字报的墙下，和废弃的

礼堂里，我们碰到过另外的猜谜人：

一个满头白发，端坐，不为谜面上堆积的狂热所动；

另一个善于隐形，所有人都走了他才重新回来⋯⋯

"没有幽灵做不到的事，只是你

要保持耐心。"

6

江水苍茫。两岸，河网密布。

有条河上，一直有人在泛舟。音乐，

像绢画里的游丝⋯⋯

"韵脚和行程，都是缓慢更新的梦境。"

许多年代，官家、书生，背影变得模糊⋯⋯

墨痕和水，一点点吸收着他们。

7

那时我们就知道，死亡带有的自省性质，

譬如隐居、踏歌，或长啸，当一个人完全

陷入孤独，连失控的明月也不配做伴侣⋯⋯

——每次拜访，或从表演中归来，都会有人说出

附加的在场感。

"某种存在不可再问及，它已

脱离命运的钳制，比如被命名为追忆的想象⋯⋯"
——那是被虚构出来的空间，并且，
那空间总会自作主张。

8

也许真的存在另一个世界，因为
有人正感到不适，他把自己添加进
画中时，突然发现：他变成了自己的陌生人。
他拿不准，人在画卷里会想些什么⋯⋯
但他学会了珍惜："作画时，要常常屏息因为
另一个世界的人也需要氧气。"
他沉溺的描绘使他
几乎无法在这世上生存。
有时，风声大作，幻体和真身要求
再次被拆开。"时辰是否到了？"陈年的卷轴里，
一个朽枯的美人在发问。
他沉默。檐上的小兽似乎在说话。但仔细听去，
却只有一只铜铃的声音。

9

"笔画从不轻佻，那变幻中
藏着有形的椎骨。"
再次来到小镇，我们陆续忆起

猎虎、采药、饮酒、婚育，自幼熟习的
风俗，以及祖父清癯、单薄的身材。
悬腕书写的间隙里，他站得很直，如一根悬针。
"所有的曲线，都要对直线有所了解……"
我们手上沾满了墨，鼻头上也是，但我们被教导
要有耐心，因为耐心关乎墨的本性。
当更多的面孔闪现，如同家谱在无声打开，
——我们的名字已在其中。
仿佛在生前，我们就已完全接受了自己。

10

"没有完整的孤独，也不可能彻底
表达自己。"如果
有谁在黑暗中说过话，这话，是那话的回声。
有时，和墨一起坐在黑暗中，
我察觉：墨已完全理解了黑暗。
——它护送一个句子从那里通过，
并已知道了什么是无限的。

11

要不断归来，把一张大字临完，因为
正楷和篆字，都可以拒绝令人作呕的痛苦。
而一阵风在草书中移动，轧过荒诞年月……

"某种抽象的力量控制过局面，但用以描述的线条
须靠呼吸来维持。"
再次否定后，又已多年。有人在向宾客解释这一切：
假山，后园，镇尺般的流水，某个道理的
替代物……
——氤氲香气，烂漫锦盒里，一锭彩墨
由于长久封存发生的哗变……

莫须有的脸

面具

1

——只有面具留了下来。
回声在周围沸腾，而面具沉默。
这沉默隐隐带着期待，因为面具后面
有个空缺无法填补。而面具曾在

别的脸上找到过自己的脸，此后，
面具内部就被黑暗充满，谁出现在那里，
谁就会在瞬间瓦解。

"面具的有效，在于它的面无表情。"
扣好面具，有人来到舞台上，有人
则摸索着，走得更远——那可怕的时刻，
脑袋在，却无法摸到自己的脸。
——有人曾匹马向前，狰狞面具

让恐惧出现在对手脸上……
当他归来，面具，被卸在一边，他的脸
仍需要表情的重新认领。
仿佛着了魔，一种平静的忘却被留在远方。人，
这个深谙面具秘密的人，
听到了冥冥中传来的召唤。

"——只有面具是结局，且从不怀念。"
但如何确认另一个自我？
所有寂静，都是忧心如焚的寂静，有人
再次戴上面具，出现在戏文
莫须有的描述中。

2

面具挂在墙上的日子，是蒙尘的日子。
它挂在墙上，就像被埋在了那里。
偶尔会有人把它丢给孩子玩耍，
那是有人去了另一个国度。
神，并不掌管轻松快乐之事，它们是严肃的。
只有孩子们
能把面具从神那里夺回来，所以，
他们喜欢做鬼脸。
只有孩子们会觉得，小鬼可爱，
大神也可爱。狰狞的脸，瞪圆的双眼，
都是可以把玩的。

一群孩子玩疯了，神，快要被他们玩坏了。
仍有孩子在哭闹，因为有时候
面具挂得太高，够不着，大人
不愿给他们取下来。

副歌：假面之舞

古有《兰陵王入阵曲》，格调激越，
为假面击刺男子独舞，创自北齐。
先风靡于民间，隋时，入宫廷舞曲。
唐时入日本，其赛马节、相扑节，皆反复奏之，
并有"袭名""秘传"之制，助其流传。
亦唐时，李隆基定其为"非正声"，后渐为"软舞"。
南宋有《兰陵王慢》，已"殊非旧曲"。
而据《樵隐笔录》云，"至末段，声犹激越"，
谓之"遗声"。
再后来，渐渐失传。

脸谱

1

与面具不同，脸谱，是在脸上直接描绘。
是一张死者的脸来到活人的脸上。
没有人真正死去，

恰如没有人能真正活着离开人世。

脸谱，是脸，与另一张从时光中退出的脸

在冗长争执后达成的协议，

是一张长途跋涉的脸，来我们的脸上投宿。

当最后一笔油彩画完，死者与活人

找到了共同的命运。

就这样，一张脸拥有了一个人的身体，但不包括他的脸。

就这样，有个声音在使用脸谱；使用，

并帮助对方把已经遗忘的想起。

2

有人把佛的脸刻成武则天的模样。

有人把朱元璋的脸画在纸上，像一张鞋底。

脸谱，则是从不同的脸那里

采取样本加以合成。只是

合成后的脸，不会再把自己所包含的退给他们。

它独自登台，或悬挂在墙上，刻在石头上。

它是包容的，又是自私的，

它是偏执的，像关公的红、包公的黑、曹操的白。

那是离开了所有脸的脸，

当它诞生，其他的脸就被解散、忘记。

于是，我们的艺术、信仰、传说，爱和憎恶，

靠一张崭新的、不知是谁的脸活了下来。

副歌：镜面

我们一直在照镜子，
照见的，却并不总是自己的脸。

所有的水面
都不适合做镜子用。
如果波涛汹涌，那是脸与脸交换
或交易时，引起的副作用；
如果它静静的，
就是已结束了。

副歌：最早的运河，或伍子胥的脸

中国南方，有河名胥河，过太湖、固城湖，
在芜湖入江，为伍子胥伐楚所凿（前506年）。
这是世界上文字所载的第一条
运河，开挖它的是满腔愤恨。
在这之前（前522年），父兄受戮，伍子胥奔吴，
阻于昭关，一夜白头。
是满头白发给了他一张新面孔，蒙混过关。
复仇是急剧的痛苦，挖河是缓慢的折磨，
湖边有伍子胥雕像，脸，淡定、从容，因为
纪念，是感官的分裂，在对怨恨的无尽的触碰中，
一张假面，把沉重的人变成了稳重的神。

后又若干年，伍子胥荐灭越，不成，被赐自尽。

这个人，太了解那深埋胸中的仇恨，死前他要求

把眼珠吊在城门上——他是要把那城门

变成一张绝望、悲凉的脸。

如今，胥河仍在使用，运过兵丁的河，运稻米、莲藕。

船队过后，水平如镜，长天平静。

某日翻古籍，见伍子胥像，束黑发，使我疑心，

所谓昭关白头，也许是民间妄言。

裂变，或穿越的脸

博物馆的大门上，做门环的饕餮

也像面具。

当大门洞开，整个博物馆，

则像一张面具张开了它黑洞洞的口。

无数脸谱和面具挂在

博物馆的墙上。

河北的、闽南的、西藏的；木的、铜的、皮的；

悟空的、娃娃的、小丑的、美人的……

这些不同朝代的神的脸、人的脸，

当参观者离开，甚至灯光熄灭，

他们会不会自行排演剧目？

会不会有一种被称为欢乐或伤痛的东西

重新认领不同的面孔？

有时候在大街边，

我观察行人的脸，

他们的面孔涌现，以不同的速度经过，

像戴着不同的面具，又像从同一张脸中裂变出的

无数张脸。

有时在街角拐弯的地方，差点撞脸的

一张面孔，像从一个长长的

被中断的经历中突然抛出的

带着惊愕和疑问的脸。

有次在湖边，

看一张仰面出水的脸，啵的一声，

喷出一口浊气，像一只

陌生的面具挣扎着，对这个世界喊出的第一个声音。

还有一次，在空旷的古街上，

我看到有人在走动。

他们的脸挂在墙上，但他们却在街上

自顾走着，甚至

对一条仿古街道的存在不知不觉。

副歌：看见的脸和虚空的脸

过修武，偶于路边见一院落，曰商冢。

冲大门有坡屋；往左，有观音庙；

再左，有地堡式建筑，上有彩塑，曰地宫娘娘。

观音慈祥，地宫娘娘亦慈祥。

院落深处有凸起，上有一金色雕塑，望其背，疑为耶稣，

至前侧反顾，乃姜子牙，用电视剧中演员造型，

配香案、香炉、遮阳伞之属。

在民间，神各有面目，可同居一处相安无事，

而信奉他们的人，要么拥有更多的爱，要么拥有可怕的爱。

商人冢，独不见商人，唯此凸起

在神仙侧，在神仙脚下（实际上是在某演员的脚下），

怀抱着无法把握，因而也无法战胜的虚空。

副歌：鬼脸

1

南京有鬼脸城，

其古城墙中所嵌峭壁上，有一狰狞的脸，

石头风化所成。但有人说

那不是鬼，只是一张

无法再返回石头里的脸。恍如

一个士兵出列时，不小心往前多走了一步。或者，

一个走投无路的人，无意中从悬崖那里

学会了怎样吊在危险中。或者，

那是个言说者，带着他的思想突破了

时代的局限。或者，

是个游侠，每到夜晚就不知去向，又在

白天时返回，像已完成了我们不知道的工作。
它高高的，悬在所有的手无法触摸到的地方，
传递着粗糙的石头质感。脸，
倒映在水中，倒映在
船经过的地方，风浪经过的地方，
涣散又浮现。悬崖下，
从前是长江，现在是秦淮河。如今，
长江已退到数公里之外的远方，水中的脸
仿佛也顺着激流，越漂越远；
又像在上溯，从干流
溯回到支流。
这个漂泊者的家仿佛在
更加靠近上游的某个地方。

2

白日见鬼，喻不可思议之事。
其实，晚上它也在那里，不显形，不发声。
那是最好的黑夜：不会
把什么染黑。在所有事物仿佛
都已溜走的时候，
有人点亮过灯，发现
一切都在，都被保护得很好。所以，
彻夜不眠的人，只能听到流水声。所以，
光线是个考古学家，每天来挖掘，
它挖出一面悬崖，挖出一张脸，挖出

一座戴着面具的城。所以，
有人喜欢拍黑白照，保存阳光；
或去剧院，看一颗黑头，却被命名为"净"。
所以，深谙知黑守白的人，同样会敬佩
那能做青白眼的人：
当他翻白眼，世界陷入尴尬。
当他变回青眼，是丢失已久的黑夜血液一样
在奔涌，把一个人重新慢慢充满：
温暖的记忆使他复活了。

画卷录

打量一张古画，时间久了，仿佛在经历一件灵异的事。

——题记

1

总有个影子在画中穿行。
时辰还早，它尚未惊动任何人。
大街上多么热闹，店铺林立，
有人坐轿，有人骑驴，有人在敲脚店的门，
有人在观看一场交通事故，从别人的
麻烦中，提取日常的乐趣。
但绢料正变黄，街角，正午时分的算命先生，
突然觉察到了黄昏的提前来临。

运河流淌，纤夫赤膊，驼队带着秋风，
大船前行时，漩涡涌动。笔墨在技法中
有玩味不尽的自我，而在隐蔽处，那影子
像一种无法解释的诞生。当桥上的人
已是改朝换代的人，运河
在画面的边缘，有了更隐蔽的角色和表情。

一切都尚无预兆，但有人搁下笔只因为
流水不能再往前流了，一出画面，
就会碰上让人无法落笔的结局。

2

我在一个画家的工作室小坐，
我能体会到画家创作时的冲动，案子上
笔墨、砚台的冲动，
以及想成为画面的纸的冲动。
那些墨，是想成为山水、楼台、花鸟的墨，
想成为人的墨，成为带着体温的细腻肌肤的墨。
纸会窸窣作响，笔却安静，
那是携带着声音和表情的笔，给无形之物赋形，
它在俗世里辨认神话，知道怎样创造神、
皇帝、小人，和不存在的事物。
而当我从生活中归来，太晚了，
过眼影像，已是画面的一部分，进入
勾勒之外，某种被不明意志控制的、
漫长的叙述口吻中。

3

在展馆里，我们欣赏着智能科技
对一张古画的当下处理。
画中（也就是屏幕中），所有人都会走动。

当初，画画的人，想把流动的生活变成
静止的一刻，潜意识里，
又渴望观者能还原那流动。
但这眼前的动态，只是画面的次生品。
人在动，在迈步向前，又仿佛
在原地踏步，而大地却能在人的脚下倒退，
朝画面外退去。
但没有谁能真的走出画面，
此时的声音也只是配音，
如果你听见一声锣响，那锣声，
不是传自画中，不是画中某个人敲的。
如果你听到一声吆喝，
它必是来自画面外的喉咙。

4

总有个影子在画中穿行，
它穿过热闹的街市、城门，直到阡陌。
它有时像消失了，但那热闹永存，
掌柜的、快递小哥、私盐贩子、乞丐、美丽的
妇人和悠闲的老翁永存。
人声鼎沸呀，当年代美好，这热闹
会自动成为那年代的一部分。
而在另一些岁月，它却会诱发痛苦，让人
眺望未来如回首往昔。
只有它喧嚣不停，生活，才是对的。

街上的这些酒楼是对的，酒楼里
这些沉醉的人是对的。
在它的河里有很多船，船上的
艄公、士子、货物，都是对的。
在这张画里它是东京，
在那张画里它是苏州。
在这张画里是码头，船靠在岸边，
在那张画里船在行驶，在炫耀它身上新画的鳌头。
在这张画之后，我们才知道要做什么，
在那张画之后，我们才知道
我们从未被生活遗弃。
当我们行走，我们知道自己正走在哪里。
当我们的灵魂像一张酒旗那样摆动，
我们才知道什么是欢乐的载体，一天
怎样结束，新的一天又怎样开始。

5

望火楼上无人，城墙上无人，
有个人在酒坊里拉弓：正业太闲，这是个
来这里搞副业的年轻军人。
我是个吹毛求疵的读者，面对一幅画，
让我感兴趣的，先是画中人，然后，
则是画家本人：如果
你把几十年后的场景提前画进画里，在
丹青之妙中你藏下不妙，你的

这双手有何所图？

画里，是城乡结合部。结合，一个动词，之前，

要先有断裂——能提前

看见断裂的人有何所图？所以，

在《清明上河图》之外，必然还有

另一张从未被画出的图。就像清明之外，

必然有其他更多的节气。

就像两条船就要在桥下相遇，水太急，桅杆

看上去已经来不及放下，有人

正在船上大声疾呼。

一船好稻米，驶入桥洞就会不见。

那桥洞，仿佛会通往另一张画，所以，

当桅杆重新竖起，必有另一张没被画出的画。

桥上挤满了人，抢道，互不相让。

看客太多，轻盈的桥，忍受着繁华那无法说出的重。

桥，两条岸的结合部，结合让它弓起了脊背。

桥洞，两块儿不同历史的结合部。

风向标高高竖在桥的两头，而一阵阵惊呼出现在

表情和语言的结合部。

惊呼不是语言，是不自觉、忍不住，其时，

表情在夸张中，像一种怪异的后果。

6

画成，宋徽宗是第一个收藏者，

"清明上河图"，他亲笔题上这五个字（命名），

钤上双龙小印。

后来，北宋灭，长卷流到塞外。

但卷中人不知世上事，

仍活在中原，活在东京的喧闹市声中。

清明者，节气名，亦喻政治清明，

但我独不知皇帝看画时的心境。

题签在画头，而有人骑着马，

正从画尾出发，他试图穿过长图，一直

走到城外的汴河那儿。但每次展卷，

他都仍在画尾的位置，一张画仿佛

一代代人无法完成的旅行。

而若顺着汴河下行，会看到什么？

东去五百里，经一大泽，名梁山泊，

有人正在那里啸聚。而若南下，

过江淮，大运河的南端，方腊占了杭州。

但这些也许已过去了。

清，为道家语，清净、清虚之意。

沉淀而得水清，但沉淀

正是河道不断淤塞的原因。

这个同样擅画的皇帝，喜欢着道服，

自号"教主道君皇帝"，在古松下弹琴。

但他更看重的，是听。所以，

他把那场景画下来，名之《听琴图》。

一曲终了，琴声

久久不散，竟至改变了古绢里

寂静的结构：使那种无法自明的深深寂静

适合一种更微妙、久远的听觉。

7

张择端，生卒年不详，
曾"游学于京师，后习绘事"。
但他没有出现在画里——这是张无我的画。
你是否愿意生活在这里，是否
愿意成为那个人那个人那个人？发问
会在暗中转为自问，令作者
不知不觉变为一个不死的观众。
角色来到绢上，不是创造，当他们
——显现，恍如
仍滞留在生活中，仍未曾被笔尖触及……
也许，这就是那最好的画法，风俗不变，
你也不必动用另外的感情。
风俗是一张酒幌子，不是杯中酒。
风俗是长卷，不是声音、空气，所以，
画中物事最好没有投影，人最好生卒年不详，
潜行于画面的影子最好不存在，
河里的船真实地荡漾着，被一种
摒除了象征的幻觉托举。

8

一个皇帝，身穿道服是轻佻的。

一个臣子，把诗题在皇帝的头顶是轻佻的。

章惇说："端王轻佻，不可以君天下。"章惇

是个有远见而倒霉的政治家。

据说，徽宗降生前，其父曾梦见李煜入后宫。

可见，那些身为绝世才子的后主们，

即便在死后，仍然是轻佻的。

公元 1112 年，正月初六，东京汴梁

忽来群鹤，盘旋飞鸣于宫殿上空，

徽宗图之，名《瑞鹤图》。

然几只白鹤能看护什么？

让人感兴趣的，还有画面底部的宫殿屋顶，以及

一个皇帝作画时的专注：毛笔，

沿界尺画出一根根笔直的线条……

此中有种虔诚，有严谨尺度对应的

无数轻羽痴缠的高高晴空。

9

界尺下，出城墙、酒楼、桥梁、舟车。

同样是这支笔，当它放纵起来，

仿佛脱胎换骨之歌，把摇曳的事物推向解体。

徽宗亦擅狂草，创瘦金体。当画家们

笔下的线条慢下来，变得凝重，

画中，已是南渡之人的故国梦。

李唐，北宋末宫廷画师，国破时

携卷轴南逃，过太行山，为山贼所执。

中有一贼展看其画轴，大惊喜，
遂放下屠刀，护其南下至杭州，拜师，一双
执刀的手竟拿起了画笔。后来，
李唐创"大斧劈皴"，其所画岩崖，
皆方硬，如同利斧斫得。这个
心藏巨痛的画师，同时在心底藏下了斧钺。
其山贼小徒名萧照，亦成大家，风格类李唐，
很久以后，画家们的线条才松弛下来，留白
也越来越多。那留白，像给
再也无法触碰的事物留下的位置。

10

末代之诗多林泉之咏，
乱世丹青，山水总是更可爱些。
画堂画阁画舫画艟，皆为读心术，
看见鹤，也就看见了那片丢失的天空。
不可视者给山水，不可说者委古人，所以，
采薇的人中无英雄，只有幸存者。
绣眼、锦鸡、柳鸦，被画下时，栖于枝杈，
朝代崩溃了，它们仍抓握得紧固。
而枝杈交织，如同
早早置于命运之前的乱象，
是艺术在梳理它，删繁就简，直到
从那混乱中诞生了空灵与层次。
颜料中血脉流传，让疼痛保持着思考的能力。

南方为重构，北国已是虚构。画卷
也像鸟翅，迁徙的族群，带着比家国
更大的东西在纸上移动。
——这也是影子诞生的原因，它不能、
也不会被画出：过了很久它才
出现在画中，看不见，
像不属于这画面的事后之物。

11

班宗华（Richard Barnhart）说，
赏范宽《溪山行旅图》，想进去爬山。这个
研究中国画的美国人，喜欢画里的幻境。
他熟悉古老的中国技法，清点过宋画上
货郎担里小物品的件数；研究
《骷髅幻戏图》，对于为何要把
提线小骷髅展示给孩童，不得其解。
高居翰（James Cahill）著有《中国绘画》，二战中
他在日本接触到中国画，从此不舍。
斯奈德（Gary Snyder）爱禅宗。
帕斯（Octavio Paz）说，他的画家妻子见蝴蝶
在小车间飞，疑其为庄子。
这也是画面——总有人从绢里纸里归来，
他们依然爱我们，并心有不甘。
在他们离开的地方，剩下一张张空画图。
更多的画则已消失了——总有

陌生人出现在我们身边而我们
不知道他们来自何处。

12

一个码头，曾是壮丽图绘（积水潭）。
有很多船，其中一艘占据了
中间的位置——它因为
意识到自己被如此描绘而有些膨胀，鼓着帆，
想把整个画面撑满。
现在，那失意的颜料散落成我们生活中
五颜六色的布艺、镶贴、招牌……
没有谁曾看清过码头的全貌，
深水，已退落成几个深潭，结着厚厚的冰。
有人在破冰，那声音，像在敲击一个
想把自己藏得更深的动物。
一群冬泳的人，拍打着发红的身体，跳下去
搅动水面。原本平静的水抽搐着，冒着雾气。
潭边，僵硬的柳丝、石桥，在水波的
荡漾中慢慢放松下来。
小街上升起阳光。邮局前，一个铸铁儿童
踮起脚尖，想把一封信塞进邮筒。他小小的身子
微微侧倾，挺直的腰因无法完成
那动作而滞留在从前的
某个被留存到今天的瞬间。

13

仿佛是本能，水面上的脚印
一直不曾消失。
——正有个影子从那里经过，
再次证实了这真实性。
大堤巍峨，船首分开浪花，证明了这真实性。
风和日丽，高速路远去。台阶上，
有被我们抛弃的念头（仿佛有谁在那里坐过）。
当银河挂在天上，太阳
仍在一张古画里运行，照着
一个大码头（《运河揽胜图》，扬州人王素所作）。
在那些大船小舟熙攘街市间，没有此前
扬州八怪笔下
那种无法摆脱的愁苦。
（影子经过它们。它不是它们。但它们终于
对它的经过有所感应。）
桥跨在河上，梅花开在小巷，深藏民间的
古老卷轴，一旦展开，
又如盛世危言，随时会跨越书画的边界。
一支笔，曾试图接管我们的生活，
（这与那影子完全不同）。所以，
我们倾向于认为，那些消失、无从追索的画，正是
被那影子收走的画。所以那影子
与我们同在，又并非真的在一起。

沉香

一缕香息，解开过你五脏内最细小的死结。

——题记

1

香息缠绕。一粒微火，
专心于可以化为灰烬之物。
你有无数事，但安排它们的，是这粒火。
淡淡烟缕，仿佛某个问题
得到了解决，脱困而去。
而在遥远的远方，因对此刻有所感应，许多树
摇摆，并哗哗作响。

她们一直在谈论这种香。
而今，那谈论声已成没有内容的回声，
已成无情、无名之宽。也许，只有等她们成为
画在纸上的人，等回声传来，你才能意识到
艺术，是最纯粹的献祭。
——你在大殿里徘徊，照壁斑驳，

最安静的下午最难度过：山河如一张旧绢，
花园里的银杏像两只疯虎。

2

"……是伤口，确定了你引颈就戮的一生。"
种植园里，有人正用刀子切开树皮……
——总在太晚的时候，你才会
认识这样的持刀人，并讶异于
结香的方式，类似家国从前的锐痛……
还有一种虫子，在木头里蛀洞，
让你想起那些大臣、仆役，他们
熟谙生存之道，早已知道怎么做
最安全。知道伤口只要有用，
就不是空洞的，甚至远比一棵树更重要。
还有那无赖的一群，没有头脑，
却有凶狠的牙齿，知道噬咬，吃……
——狂热，一直都是一种职业，能把
刀子训练成寄生虫。而你
咽下的疼痛在体内下沉，形成
一个难以消化的"深处"。
——没有谁会探身这洞穴。
"留着吧，那能锁死利刃的东西。而我们
只是需要更多的伤口，直到对于过往
你百口莫辩。语言是我们的。荣耀和污蔑，

我们已为你安排就绪。最后，香气
足以使反对者平静下来……"
是的，当你回首，暴力像一个游客
早已离去，所有伤口，
都已被归类为纪念品。

3

尚未雕琢的沉香，像一截朽木。
当它静静躺在那里，你知道，
悲观主义者才会拥有
这个世界留下的全部孤独。
有次吃酒，邻座，自称通灵的女孩说，
在所有传说中，香息是最遥远的一个。
你留意到她的淡淡体香，那香里，
有多年前对你纠缠不休的命运。
而她白色的长裙耀眼，仿佛已有能力
拒绝光阴从她身上经过。
别针沉默。酒馆里庸俗的曲子，
在尝试触碰它不熟悉的氛围。
你蓦然发觉，一只狮子像刚刚沉落的夕阳，
正从远方启程，越过已从生命中
消失的山岗，再次来到灯光下。
——仿佛，你体内又有了灼人热力，但那
也许是某种劣质酒精的作用。

你去室外透透气，在走廊里，
看到案子上有盘香在燃烧。
而在你体内，陈年的阴影仿佛香灰……
回到座位，你嗅了嗅手上的烟味，一种
更加浩大的气息中，隐忍巨岩
敛住了长草和毛发的起伏。

4

"除了香，何物可以手一样传递？"
据说安息香能摄取万物的灵魂，据说
宗教、爱情、人伦，是另一种香气。
迦南珠子在摩挲中有了包浆。
篆香燃烧，准确的刻度一点点散失。
虚幻之物，化为实体是可能的：当火
在体内追逐，避难的时间再次被迫逃亡。
——依稀尚在生命的盛年，一次
在似是而非的香道表演中，你认出了那燃烧。
它被邀请来辨识一些丢失的东西。
你注意到，开始的时候，它小心，迟疑，
使用的，仿佛是一种迟钝的嗅觉。
烟缕的手在抚摸虚空，又在微风
突然变动的念头中散开，让香气
进入更加隐秘的范畴。
——每炷香都是祈祷，立在

有人离去的地方，从倾听到交谈，然后，
它细小的舌尖渐渐放荡，并沉入疯狂⋯⋯
那是火的本性、分寸下的怒涛，你记起了
夜间的围猎，葱茏火把突然
出现在惊骇的动物们面前，像极了
美在你心中绽放的一刻。
你安静地观赏，但心中已明了，此一仪式，
想培养一位风流倜傥的神，得到的
却是个优雅的刽子手。

5

所有秩序都是失败的魔法，
总会派生出另外的东西。
痛苦能变成什么？说到底，你也不清楚。
有时你也会问自己："你为什么要拼命
散发香气？一个斩首过的人，
为什么要从长眠中起身？"
没有答案。但为了人间正流行的癖好，
你知道自己要再死一次。
上一次，你死于生活，
这一次，你死于他们对艺术的偏执。
断头台变为香案，铁骑变为阵风，持刀人
换成了长发飘飘的女子。
看看这卧炉，这熏球，这斗、筒、插、盆、箸、

铲、勺、囊，再看看这女子，
动作轻柔恍如仙子。（她们
曾在你庞大的宫殿里嬉戏。）
无数次围城，河山飘摇，而炉中烟
总是一根孤直，不疾不徐。
——以什么来收买你的死法，让你
声名狼藉之后，又登堂入室成为
座上宾，眼看自己的器官众叛亲离？
说到底，缥缈的香气更接近
梦的本质。当你成了一块木头你才知道：
相信气味可胜过相信传奇。

6

酒滚过喉咙，低低吼声
只被自己听见。黑暗把忽明忽暗的花朵
运到镜中。你经过那里，
看见自己的脸，再次意识到，只要是夜晚，
就需要对岁月重新辨认，因为，
更多的夜晚会同时出现，携带着
遥远的时刻、场景，和多重身份。
——那是一些更古老的场景，房间深处，
大香炉内的沉香在慢慢燃烧，江山在焚毁，
衣服搭在青铜上，清晨，
当你更衣，你就变成了一只大鸟。如此，

你才得以在时间中反复出现。
书籍、唱词、曲调与卷轴，或者，
牧人、樵夫，某个不合群的小职员，
都已被叫作劫后余生。有时月光如水，
琴曲和山歌响起，在一座山
连绵不绝的绿色幻影中，
你被叫作黑塔汉子或玉树临风，高贵的血统
在粗鄙的光线中摇晃，沙沙响。
——你很少再耽留于自己的前世，
只在春梦深酣，或者狂风大作的夜晚，
仿佛某种召唤，你身上的伤口全醒了。它们
喧声一片，把疼痛留给你，
把开口的权利留给了自己。

7

按一个后世诗人夸张的说法，你被找到时，
已经耗掉了数亿光年：他是怎样
把时间换算成了遥远的距离？只有
在对绝望最后的安置中，你才沉入水底。
——你并没有死去，目击者，记载，
都不可信。甚至，你在那里找到了
最好的活法：在幽暗的深处，
你聆听遥远水面的喧动。
生活在荡漾，带着无记忆的波纹和欢欣。

偶尔，某个突然的浪头

会在一愣神间察觉到你的位置。而你，

已成为一个真正的失踪者。

第一次，你知道了卵石磨圆的肩膀，

透明暗流满是皱纹的手。

漩涡时常生成，唯有你知道它的内容和期待。

唯有在水底，被水包围，你感到被珍惜，感到

此一珍惜，在建构完全陌生的空间。

有时，一些巨木会俯冲下来，又在

水的拒绝中重新浮上去……

岁月嬗变，像在一种沉默的语言内部，一个

从不曾遭到破坏的故乡，你纵情且沉迷，

不愿再接受任何救赎。

垂钓研究

1

如果在秋风中坐得太久，
人就会变成一件物品。

——我们把古老的传说献给了
那些只有背影的人。

2

危崖无言，
酒坛像个书童，
一根细细的线垂入
水中的月亮。

天上剩下的那一枚，有些孤单，
……一颗微弱的万古心。

3

据说，一个泡泡吐到水面时，
朝代也随之破裂了。

而江河总是慢半拍，流淌在
拖后到来的时间中，一路
向两岸打听一滴水的下落。

4

一尾鱼在香案上笃笃响。
——这才是关键：万事过后，
方能对狂欢了然于胸。

而垂钓本身安静如斯：像沉浸于
某种
把一切都已押上去的游戏。

5

所有轰轰烈烈的时代，
都不曾改变河谷的气候。在

一个重新复原的世界中，只有
钓者知道：那被钓过的平静水面，
早已沦为废墟。

鼓

1

之后，你被来历不明的
声音缠住——要再等上很久，比如，
红绸缀上鼓槌，
你才能知道：那火焰之声。
——剥皮只是开始。鼓，
是你为国家重造的一颗心脏。
现在，它还需要你体内的一根大骨，
——鼓面上的一堆战栗，唯它
做成的鼓槌能压得住。

……一次次，你温习古老技艺，并倾听
从大泽那边传来的
一只困兽的怒吼。

2

刀子在完成它的工作，

切割，鞣制。切割，绷紧……
刀子有话要说，但我们从未给它
造出过一个词。
切割，像在沉默中研究灵魂。

鼓，腰身红艳，每一面
都会发出不同的声音。据说，
听到血液沸腾的那一面时，你才能确认
自己的前世。而如果
血液一直沸腾，你必定是
不得安息的人，无可救药的人，沉浸于
内心狂喜而忘掉了
天下的人。

3

鼓声响起，天下裂变。回声
生成之地，一个再次被虚构的世界，
已把更多的人投放其中。

鼓声响起，你就看见了你的敌人。
鼓像一个先知，在许多变故
发生的地方，鼓，
总是会送上致命一击。
——制鼓人已死在阴湿南方，

而鼓声流传：有时是更鼓，
把自己整个儿献给了黑暗。有时
是小小的鼓，鼓槌在鼓面
和鼓缘上游移，如同
你在恫吓中学会了甜言蜜语。

有时是一两声鼓响，懒懒的，
天下无事。
而密集鼓点，会在瞬间取走
我们心底的沉默，和电闪雷鸣。

4

守着一面衰朽、濒临崩溃的鼓，
你才能理解什么是
即将被声音抛弃的事物。
——鼓，一旦不堪一击，就会混淆
现在和往世：刀子消失，舍身
为鼓的兽消失，但鼓声
一直是令人信服的——与痛苦作战，
它仍是最好的领路人。

5

一个失败者说，鼓是坟墓，

一个胜利者说，鼓是坟墓。
但鼓不埋任何人：当鼓声
脱离了情感，只是一种如其所是的声音。

鼓声，介于预言和谎言之间。
它一旦沉默，就会有人被困住，
挣扎于那些不存在的时辰。

酒变

1. 酒变为后发酵工艺；2. 民间俗语：没有酒解决不了的问题，如果还有，就再饮一杯。

——题记

1

有形之物摇晃，
是挽歌般的孤寂在控制着

夸张的喜悦。此中
有种可怕的眷恋：它证明过
激情是易燃品；而夕阳不是光，
是被往昔淹没的事物传来的
求救声。

2

欢愉可约，可偶遇，
大欢乐却不为杯盏所知。

处身大瓮内部它更加专注，且一直
无法被命名——在对
自身的深深沉浸中它发现，它内心之所藏
才是关键：黑暗
看护着一种罕见的内容：历尽
变化的况味

正是生活分野之所在：比浮世之欢更有耐心。
所以，黑暗早已完成而它
从未被完成。

3

空气释放它的扭曲，
让世界耽于其无害的错觉，虚假的
破坏性，以及身侧
整片街区的不稳定。

你推开一只要抢劫你眩晕的手因为你觉得
此刻，你并不需要一个领路人。

4

一饮而尽乃过瘾之事。

颓然醉去，或在锣鼓的
催促声中上马乃过瘾之事。

征服肉体如征服一国，征服
一场吹彻人间的寒风乃过瘾之事。

燃烧吧！多少时光旷费日久，
长啸依然大于欢乐。

且去，去踉跄历史中取我前身，
看天下席卷万千头颅
起起落落乃过瘾之事。

蒙顶问茶

1

有古戏名纸葵。一诗人名东鸥，
其貌寝，善点茶。
茶末如春沙，汤上浮起轻雪。此景

一半为宋人画卷，一半为我梦境。
纸葵者，诗集名。而此
宽袍大袖鸟爪之人从何来？

"当年，诸侯试马，死伤众……"
拾级而上，见柱石皆赤。云雾深处古寺，
菩萨低眉，照壁上
阴阳麒麟殷红：灵异之物，
一直还待在大火中。

而老茶树，要年年采摘，直到它
不再含有激烈的感情。

画在纸上的葵花如打开的结，如涅妙心，
自证，亦证语言的无效性。

2

有一词值得溯其源：
茶马古道之"古"，原为"贾"……

贾道甚美，荒草绿云。历史
终究是一桩好买卖。我于
博物馆中见背夫歇脚的石块上，小小的
丁子窝甚美。
而背上茶捆，如一段老墙。

落霞满江，青衣般的火焰滑下喉结。
河山大好，伏虎之力可换小钱。
马颈下铜铃声，卸去了熊罴腹中之痛。

而制饼之技在于：卷刃毛片
压得结实。黑暗中一团醅香无价，
是杀了的青。

3

实相无相，斟茶者龙行。壁上，

迦叶微笑。盖碗边兰花指无声，实为
伟力去后才有的虚静。

公元 641 年，文成公主过日月山，
众人脑涨，呕吐，侍女取茶饮而解之。
此为茶叶入藏始。

清人顾炎武《天下郡国利病书》：
"腥肉之食，非茶不消……"
乱世腥膻，赖茶御之。距日月山
三十公里有倒淌河，传为公主眼泪所化，
凉甚，然为泡茶好水。

江都的月亮

1.扬州，古称江都，大业十四年（618年），骁果军发动兵变，隋炀帝被叛军缢杀于此。2.扬剧发源于扬州，以花鼓戏、香火戏为基础，吸收清曲、民歌小调等形成。

——题记

他们

1.他

他在打电话，在赶往剧场的路上，
有次他停下来，在路边抽烟。
时间还早，他也并非真的在赶往一个朝代。
然后他继续打电话，为股市、
孩子上学、降糖药，以及
一个女演员的风流韵事。
在剧中，他是皇帝，但只是个配角。
——在一部杜撰的爱情戏里，皇帝
做个配角是正常的。如果
继续夸大爱情的当量，大到足以

引爆国家的心脏，皇帝

跑跑龙套也无所谓。他的经验是：

能否演好一个皇帝，关键是

对剧情的理解，而非对历史的理解。

他是个昏君！（……）

他是个荒淫无道的人！（……）

他的经历充满了戏剧性。（也许是更适合戏剧化。）

曾有什么人和他在一起？（不知道，

不过，已经要多少有多少。）

他已赶到了剧场。

他到后台候场。（女主角的声音，正隔了一层隔板

从另外的朝代传过来。）

有了角色，才能谈论不幸；

有了脚本，连那历史里从没出现的人

也获得了发出声音的权利。

——你不曾想到他会出现在那里，但他

就在那里。每部戏里都有

多出历史的部分，都有无中生有的人

在为自己的生存抗争。而如果

想做个清醒的历史主义者，你要

阻止自己入戏，因为

一旦加入就太晚了，尤其是

有人还成了主角，并把

一个皇帝逼到了配角的位置。

他在候场，总听到一个声音在提醒：

你是配角！（——）

要有配合意识。（——）

要知道主角的重要，不能抢戏，

最重要的是要知道，现在，导演的话才是圣旨。

他被剧情挟裹着回忆起

从前，他产生过的另外的情绪。

（——月亮悬在中天，当年就是这样。）

他瞥见正走向舞台的人，灯光

照亮了他们的朗目、面颊、朱唇。

他套上戏服（有些荒诞感，）

龙，还在龙袍上张牙舞爪，而他

在别人尚未结束的唱腔中做好了准备。

2.他，或者他（一）

从前发生的，现在已变为戏剧。

而角色，类似修辞中的比喻：总有

另一个角色维系着它。

——已被角色带走了吗？实际上，

你仍在那里，因为比喻只能提供一个幻象。

这边锣鼓喧天，那边，清单寂静。

锣鼓在响，有人在唱，有人在念白：

——你将完成那角色。

——你等于什么也没有做。

3.他（一）

我将出场。
远去的朝代，我继续参与。
当然，我会小心，尽量不使用原来的感情。

据说，那些在表演中
杀掉过父亲许多次的人，
将不再有痛苦。
我已做出了决定，在舞台上
我会下令再杀掉一些人（一想起当年，
就会有个声音说：要再疯狂些）。
一种再次敞开的生活，我将
重新成为我，甚至，成为另一个陌生的我。
我曾需要所有人战战兢兢。现在也是。
这感觉很好，一个配角才是
真正的主角（就像当年那样），当有人
在戏台下鼓掌，这正是来自未来的掌声。
夜晚已来临，这是早就在预感中存在过的
讲述我的夜晚。在我
以讹传讹的故事里，仍没有人
能取代我——那消灭了
一切的时间已让我重生。
哦，现在正是那无穷远的以后，埋我的人
也重生了。

他使用的仍是从前的名字，

他将变成一个挖掘者。

死者们就像趋光的飞蛾，他们

会在灯光的引诱下，

来到一座舞台（这非人间的台子）。

"只要能重新开口，死，也是划算的。"

但更多的人已变成观众，只有

在黑暗中，哦，只有平民的身躯

才能告诉他们什么是人间，什么是

神，以及能带来庇护的供奉。

（一遍遍演我，他会越来越神奇。）

哦，有人喜欢戏剧，因为它是可以修改的，

喜欢演员，喜欢他出了错也只是

为艺术增加了点小插曲。

天下太平，灰尘都扫掉了，

干净的舞台上，连道具都是欢喜的。

锣鼓在响，好戏在上演，灯光

太耀眼了，只有少数人注意到月亮的存在，

并意识到，戏台和天下，

一直都在它的注视里。

4.他，或者他（二）

台词容易，动作也不难，难的是

利用语调来透露出意味。

舞台，只会对演员有要求，而一个演员

被表演的原型俘获时，

才能意识到那些事关重大的东西。

当你出场，如果空气激变，那是你成功地

找到了心灵崭新的框架；而所谓

对细节的突破，也只是你面部线条更生动的变化。

你已完全理解了你成为的角色，正在一条

看不见的河流上，熟练地处理各种漩涡。

戏剧化后的角色，正是自己的敌人：你将

如何控制你的欲望和惊悚？

你已愈加明白，戏只是戏，表演只是一种技巧，

对于历史，你接到的，只是个似是而非的故事。舞台

一旦无限扩大就会失效。

现在，观众安静，你在背台词，被台词

扣留在一种不熟悉的关系中。

但你的影子，那不在艺术范围内的东西

正跟随我的移动而移动，超出了剧情，如同

无声的风暴在研判天空的需要。

5.他（二）

刀枪剑戟白亮——这是另一种博物馆，

在聚光灯下摆脱了幽暗。

利刃上没有锈迹——它不是

那跨越时光的光结出的暗淡的痂。

它仍在提供情节，把观赏者送入幻觉领域。

——在所有道具中，当初，

它是最先停止的那个。

傲慢的心来自摇曳的剧情。一叶白帆
正是在那里出现的。
是的，当我感觉到摇晃，船和天下
才开始摇晃。
多么逼真，大运河在舞台上伸展，甲板前
明晃晃的天空正被船剖开：也许，
正是痛感使一条河
越来越长，以至于忘记了
抛在身后的那部分还在痛，并在其
强大的自愈功能中，
突然沟通了另外的世界。

是的，我是自信的，虚无的城
在我手指下移动，利刃
那锋利的一瞥之所见，含着轻蔑，
近乎无所见。但这不是真的——军队
正穿过无人地带。但这
几乎不是真的——戏台上的早晨
是失真的早晨，当我

从梦中醒转，奏乐人，
已把急促的节奏和早餐一起送来。
天下是一条河，残月是一匹跑坏了的马，

信使却是个陌生人：
他潜伏在朝代深处，一直
没有引起我的注意。

6.他们

他们是臣子，上朝，上奏章，
互相攻讦，有时说着赞美的话，
像在愉悦一个垂死的世界。
其实，他们各有打算。
——这是乏味的老故事：
不是国家怎么办，而是自己怎么办。汇聚在
朝堂上的焦虑无关国事。
他们被越来越熟练的技巧改变，
评估事件，预设情节，计算着
哪些将很快成为过去，要怎样做才能
和任何危险相伴都平安无事。
回到府邸，他们饮酒，观赏舞乐，
庆幸又一天的平安结束，
想起那些遭殃的人，下狱者，被砍头者，
有些许悲戚，同时，
惊讶于自己还有残留的感情。
皇帝死去。对于一个死者，无论如何，
你不好意思问他为什么会死？但是，
问一个演员是可以的。
"哦，因为我还可以活过来。"他笑着说。

大家都笑了，明白，

有种至关重要的谈话，

始终无法得到发生。

散席后，无人再去深究剧情，除非，

你有挥之不去的焦虑症。而且

这戏曲早已老了，虽然

仍有人在唱它，演它，它

却早已被列入了文化遗产名录。

情节也太陈旧，每次演出，

不像是在等待开始，

更像是在等待结束。

月亮传

1.剧务的回忆

今晚有两个月亮，

一个在高处，像个吸盘，

它吸附在天顶，以免掉下来。

一个在屏幕上，不动，觉得自己

已成为一个新的光源，并努力让自己

比真实的月亮更亮一些。

我想起从前，舞美简陋，使用的

纸月亮，演一次，剪一次，

不发光，只是白。

剪纸的师傅说，只要剪到月亮，

手指就会不适。有一次他举起完好

无损的手对我说：你看，

又流血了。

2.化身

月亮在地平线上时，看上去

大了很多，像一个刻意变大的入口。

（树木和楼宇尖顶的剪影，都已在其中。）

据说，任何事物被傲慢的理想

充满时，都会变大，并难以自控地开始上升。每次

当它接近地平线，万物就会变形，

以便更顺利地进入其中。

随着剧情的展开，月亮

渐渐脱离了人间。据说，当有人站在月亮上俯视，

宫殿、军营、山峦和郡县，都会变小。

月亮继续上升，它终于意识到

自己已摆脱了工具的身份，以及

万物朝它奔聚的愿望。

——它已是过量梦幻的化身，

是的，后来，所有人都望见了月亮。

而月亮里究竟有什么？从前，

月亮和我们都不知道。现在，我们吃惊于

对方从未有过的发现，

和彼此的身体正在发生的变化。

3.宿主

——它来自另外的地方。

你不知道、也不属于那里。

"这是何种秘密的宿主，抑或，

只是月亮的寄托？"

有过这样的事：最美的女人会变成一朵云，

飘进月亮。而嗜血的将军

像只狗，月亮是他追逐的猎物。

——如此冒险的事业，仿佛

占有月亮才算占有了世界。

"是的，被放大的梦是危险的，

因为你的梦，同时也是别人的梦……"

——你已得到天下，但还不够，还要

再加上月亮。

当它在天空中洒下清辉，仿佛

所有人都受到了邀请。

天下大乱，许多个夜晚，月亮不知去向。

而那脱离了人们视线的月亮，是一个

真正的交际花。是的，

拥有过多激情的东西，都有变幻、

不贞的脸，被动过手脚，却又拥有

无与伦比的修复能力：它从

一瓣苍白、咬紧牙关的嘴唇，

重新变成了一个圆满的圆。当所有事

都变成了往事，它仍悬挂在那里。
是的，你意识到借助戏剧，一切
都能重新开始。只是
你已变成了声名狼藉的人。

4.大臣

——那是疯狂的夜晚，
也是舞台无法重现的夜晚。
在那条看得见的河流上，宫殿群在行进。
龙舟，长二百丈，上面的正殿装饰着金玉。其后，
是皇后的翔螭舟，是嫔妃、官员、僧尼、士兵……
几千艘的船队，如此沉重，让人怀疑，
大地会不会被压坏掉?
纤夫们弓着脊背，喊着号子。他说，
他高兴的时候会觉得
那号子声，比软绵绵的宫廷音乐动听。
实际上我知道，他们已累坏了，甚至，
那条长长的河也累坏了。
肃穆朝堂（虽然略有摇晃），斑斓大殿，
一直在被黑暗的力量把控。
而月亮悬在中天，像另一个中心。因此，
像有两个天下在旋转，一个
围绕着这大殿，另一个，围绕着月亮。
我顺从地跪着，但另一个我
在接受月亮的吸引，我必须

抓住点什么，否则，

抵挡不了权力那巨大、旋转的吸引力。

岸上有个人，瞥见过皇后美丽的脸，

然后他就不见了。我眼见那么多人，

走出这大殿，一上岸就不见了。而所有的

赏月者都知道，他把那月亮看作

是他一个人的月亮。

——帝国是他的，漂亮的妃嫔是他的，

人，都是他杀的。

抬头的瞬间我看见

月亮，正冷冷地望着我，欲言又止。

光影朦胧，世界如同废墟，

冠冕，华服，恢宏殿堂，白日里曾火一样燃烧，

现在，都恢复了冰冷的属性。

还有那面如满月的妙人儿，像来自

月亮的族群。谁是胜利者，

她们，就是谁的战利品。

5.皇后（一）

我是美丽的皇后，

焚香的时候，风吹动我衣袂的时候，

我仿佛在天上。

从前，也许我真的曾和月亮在一起。

现在，香在燃烧，烟缕

像一个从人间出发的心愿，

风一吹，断在了空气中。

月亮，对此一定有所感应吧？

这圆圆的一轮，当它减半，或只剩

弯弯的一角，它一定知道

团扇掩去的半张脸，或怀抱琵琶的人

那幽怨的眼神。

"你在悲伤什么？"我和水中的倒影

都已伫立了很久。风拂过

岸上的薄衫，而水美人就要涣散了。

"听说天下已大乱，有人

想杀掉皇帝……"那前来

传话的人，我要求他噤声，因为上一个

去皇帝那里送信的人已被杀掉了。

是的，开口是危险的，而月亮

因为懂得了沉默才一直很安全。

曾有个方士，夸赞我面如满月。这夸赞

同样是危险的，意思是，

黑暗已开始了；意思是，

只有天空适合我孤独的一生。

但另一个占星人说，这不可能，因为，

月亮要确认的，正是它与人的不同。

人会依恋人间而月亮不会，

人会老去而月亮不会，

人会使用她全部的爱而月亮不会。

也有人说，月亮是我众多姐妹中的一个。

"这是不对的——"

月亮说完，就从窗口离去了。

6.皇后（二）

暴乱的军人不看花，

失火的天堂不可救。所以，

船队在既定的河道上，惊骇和恐惧却会

走错路，甚至走错城市和年代。

当它们变成台词，人们才发现：

舞台那么小，的确没有人能跑得掉。

我曾撩开帷幔欣赏风景，岸上，

有个人站在风中望着我，说着疯话。现在，

他已躲进一个叫瓦岗的山寨里。

但我知道，那山寨提供不了庇护。

我还知道，这是一个开始：从此，无数山头有了

奔走世界的冲动，并带来一个磅礴乱世。

峰峦如聚，舞台太小了，那些

纤夫、乡绅、金发碧眼的朝贡者、小吏、流民，

像五颜六色的货物，已被装进船舱，

沿河流散去，成为慌乱的崩坏者。

不像这舞台上，代表已逝之水的空白中

一枚枚看不见的桨，在单一的

拨水动作中保持着镇定。

但我知道，恰是这些不愿显形的东西

在持续用力，为了另外的主张。

7.皇后（三）

这辈子我演过许多女主角，

从二十岁演到了五十岁。

从前，忠贞的爱情受欢迎，我演过

祝英台、七仙女、林黛玉。现在，

多角恋更有娱乐性。

但在野史般的戏里，有一大群皇帝丈夫，

对于我还是第一次。

（导演说，不就是多换几套戏服吗？）

我是一个帝国崩盘后的遗产，

我至高无上，又是卑贱的。

我是皇后，被宠爱，被挟持，被劫掠，

像玩物一样被索要，被送出（如是者二）。

几十年过去，我仍是青春模样，

（导演说，为了煽情我必须

在两个小时里一直保持年轻。）

但我知道，我并没有真正的爱，因为

皇帝们要爱的太多了。

我是孤独的，他们低头处理大事时，

我一般都在抬头望月。

他们死去多年，或正在死去时，我仍在望月。

顺着这条河，我从南到北，

从江南到中原再到塞外，当我

重新回来，丈夫和朝代又换了一茬。

作为女人，我飘蓬般的一生是失败的。
但在舞台上，因为获得了六个皇帝
虚构的爱情，我像忽然变成了
和我自己无关的传奇。

8.月亮坏了的时候

当月亮坏了的时候，
是谁修好了它？
而如果天空坏了，
有人能去修好它吗？

我曾命人去挖一条河，一条很长的、
你们从没见过的河，
以便通过它，更方便地
去修理已经坏了的国家。

我向臣子们描述过那完美的世界。
——它并未出现，他们只能假装相信。

而关于月亮，你们都错了。
它不过是个孤儿。它曾在那么多的
朝代里流浪，却一直
缺少一个真正的监护人。

9.打捞

那月亮并不知道，
它只是月亮的片段。
那死者并不知道，
他只会成为活人的片段。
实际上，连缀无效，
当月亮已可以走得更远，角色
倒像是被扣留的人质，使未来
有了多重性：它既是过去，也是现在，唯独
不是被提前确定的未来。
——让月亮来承担吧，
当它借贷了国家的梦，他和他
同时抬起头，看见
天心的一泓，
就像同时看见了最好的光阴。
而当月亮像一块压舱石，把困惑
押往他乡，一张缺口的口，
吃掉了年代间漫长的距离。无人
再过问片段中深藏的秘密。
——它丢失了它运载的，所以，
作为景观的舞台上，有人歌唱，有人眺望，
只有少数观众，与剧情
若即若离，
通过角色打捞真正的你。

闲杂人等

1.一个龙套的发现

而我以为，导演总是错的，
一阵阵的锣鼓总是错的。
说戏的时候，他总会忽略一些重要的东西，
比如，当皇帝出场，
他会交代心情、步调，却忘了提醒他，如果
不走到舞台上那个位置，
他就不会死去。
关于危险，我们已知道了一万次，
后来就麻木了，只有导演
一直紧张，而我们早已熟能生巧。
我发现，在那种好整以暇的
流程中，我们和导演怀念的，是两种
截然不同，但都濒临崩溃的东西。

2.站在一个被忽略的位置

与死亡相比，表演死亡是件更麻烦的事。
现在，我站在一个被忽略的位置，
看他被吊在空中，看那么多人仰起的脸。
正在死去的皇帝，仍是中心，
正在死去的皇帝，仍能控制住自己的身体，
但已控制不住随他一起死去的东西。

他眼中光的寂灭，像月亮之死，

像剧场里一只内心爆裂的灯泡之死。

那一刻，他不练习身体的抽搐，只再现了

一束光的惊恐觳觫。然后，

我看见他平静下来，衣服

安静地垂着，像悬挂的流水。

3.幽灵的工作

戏散场了，可我还有活儿要干。

有些活儿，只有散场后才能干。

表演皇帝的人，仰起脸悲喜交集的人，

已从遥远的朝代回家。大剧院

也从遥远的朝代回到了当下。这个

类似巨蛋的建筑，的确适合

重新孵化古老的情节。但不包括

一些散场后发生的事。

现在，我留下来，在黑暗中埋我们的皇帝。

我们曾拥有天下，有许多

金碧辉煌的宫殿，现在

却只有两扇虚无的门板。

我将用这两扇门板把皇帝

埋入坟墓，埋进散场后的黑暗中。

——现在我知道了，人世间，

最黑的黑暗正是这

散场后的黑暗。只要

埋得够深，后来的人就很难再找到他。
两扇门板，朱漆、饕餮、铜环都在，
只有门闩不知去向。
坚固的门，曾顶住了撞击，却失守于
一双偷偷摸摸、抽走了门闩的小人的手。
现在，我把它们重新扣在一起，顺手
也把月亮关在了门外。

4.讨论剧情，或几句用于补充的牢骚

相对于古老的帝国命运，
我更关心球赛的结果。
——戏曲已过气了。
风行一时的艺术，曾接管过无数老故事。
现在，观众越来越少，人们
渐渐厌倦了这些：迟缓的肢体动作，
像抽空了现代气息的遗物。
——曾经，戏剧是最早被发明的
平行空间，保证那些伟大的人
可以一直活着。而那些
小人物，则是无声的副产品。
我们喜欢毫无感情，搜集秘密时
老练而隐蔽。
"那些角色都是什么人？"在远方，
皇帝仍是多疑的，"还有，那些告密者，如果，
他们说了假话呢？"

在对剧情的讨论中，
台词清楚，潜台词也清晰。
"唯有在戏台上，一切才是可控的。
我的手上曾经有两块门板，现在，
却只有一段再也无法
触及过去的、烂在手里的剧情。"

细雨颂

傍晚的雨

傍晚时，雨落了下来，
无数明亮的光点，遗弃在野外。

河面上起了雾，我记起一个艄公的话：
听懂了雨击打篷顶的声音，
才知道怎样处理胸中的乌云。

在石埠镇外，我遇见一个年老的妇人，
她打着沉重的油纸伞，
仿佛走在很久以前的路上，使用的
是早已失传的器具。

山腰上有片墓园，那些石碑
为了长久站立，已拿掉了身上所有的关节。
如果此时有人醒来，雨
会压住他们心中的尘土。

山脚下有个废弃的集市，我怀疑，
年老的妇人就来自那里。
也许一场细雨让她走错了路，
她走向小镇，一个我们正生活着的地方。

庭院

1

黄昏的船廊、灯笼，深如万古，
湿漉漉的鹅卵石泛着光泽。
书房里，剧组的人在讨论
一部电视剧，和剧中一个书生的命运。
"他不在了，已可以被扮演，至于
这个从不曾存在过的美人，
是我们送给他的礼物。"
雨在落。雨，仿佛已变成了从前的雨。
琴凳那儿，扮演书生的人在玩手机。
而女主角在重新找感觉，因为
剧本再次修改后，朝代
稍稍变动，她又老了一百岁。她被要求，
穿过新的情节时要身姿轻盈，因为
一个演员的操守是，
绝不能在历史中留下脚印。

2

往事是往事，剧本，是现在的事。
楼梯，像是从一个悬置已久的梦里
垂下来的，连同它上面的脚步声。
有人从树上徐徐下降，无声落入天井。
有人从假山上飞起，越过屋脊，
消失在夜色和细雨中。
拍摄时，他们被钢丝吊着，但在荧屏里，
看不见钢丝，他们真的会飞。
的确有过这样的传说，使小镇
既在尘世，又在神话中。
仍是这庭院，在另一部电影里，所有人的
指尖冰凉。在山墙那儿，
有人不小心走进了壁画，
就再也无法走出来，只能微笑着
站在那里，静观，偏离了剧情的需要。
那明亮的笑容是另一种特效，给我们的生活
送来了亘古常新的光照。

3

戏，是捕风捉影，或无中生有。
人，以及人的一生，会被拖慢，
或加快，摆脱了常速。
我见过大地的惊恐，小径上的

鹅卵石，在慢镜头里缓缓直立起来。
我见过明月泊在檐下，
没有我们的窗口，它就无法活下去。
但它还是离开了——总有
神秘的力量，把它领往黑暗深处。
"所有冲突，都是为了让人尽快入戏。"是的，
一座庭院如果被故事拖住，
就会亦真亦幻。如果被怀念，就说明
远方，走动着永远无法返乡的人。
而当游客们蜂拥而至，那必是
又一次国破家亡后的盛世……
——它已是一座终极的庭院，一遍遍
在书籍，和解说词中出现。
它在这里，又早已离开了真实的位置。

4

有人在航拍这座古镇，
拍着码头上旧机器锈蚀的苦味。
河水无声奔流，带着废铁的沉默。
而在庭院中，当女主角
再次出现在阁楼上，已换了面孔。
——几乎度过了自己的一生，她已从少女
变成一个年老的妇人。
她感受到一种陌生的宁静，像来自
所剩无几的戏份，又像来自这古宅。

曾经，一旦进入角色，就会觉得有种
另外的生活等待被完成。
而放松下来她才意识到，这庭院
并非道具，而是一种失而复得的福祉。她开始关注
镜头外的家训，偏头疼的乌桕树，
震颤蛛网上，几片流言似的小昆虫的薄翅。
她还发现，每当真实的雨滴
落进戏中，蜘蛛便会隐身到幻想深处，并与
安乐吊床上的喧哗相安无事。

"演活了"

1

小时候，我曾溜进戏院的后台，指尖
划过艳丽的戏服。我感到
我的心和戏服，都在轻轻战栗。
戏服，像是活着的，一直在等待，只要
一点点触动，它立即就会做出反应。
沿河上溯，群山绵延，如果
顺河而下，流水像催眠术，某种
类似天空的大块在水中融化。此外，
是上游带来的一团团暗影
从船底滑过，忘记了
它们在几百年前就已死去的事实。

当生活那溃散、退化的部分，跟随着，
一起在远处汇入运河。而更大的船，
在那条河上来来去去。
每次回来，走在曲折的石板路上，
总让人想到，民间故事的虚幻，
和古老传说的寄生性。
如果登高，在嶝道上不断转折，心头
总有难以推开的巨石。
在峰顶俯瞰，河流蜿蜒，小镇
已隐入绿茵深处。而极目远眺，某种
不可见的事物一直在制造梦想，
深渊，恍如在高处偶尔回首时的产物。

2

诗人谢君说："在我的小镇，神的喜悦是
江上运输船的平静行驶。"
而什么才是神的喜悦？
我很少见到面带笑容的神。当有人
跪在它们面前祈祷，没有任何神改变过表情。
祖母去世多年，父亲
忽然变得迷信起来，有一天他告诉我，
我的祖母已经变成了神……
祖母，一个苏北乡下的妇人，两眉间
总有几道愁苦的竖纹，
直到她的身体变成了遗体，那些竖纹才消失，印堂展开，面容，才变得安详。

是否所有的神，都脱胎于这样充满苦难的生命？

山上有座小庙，菩萨不笑，只是安详。

而在另外的庙里，有些神冷漠，

面无表情；有些，则是愤怒的，像阎王、关公，

看看他们始终火大的样子，就知道，

人间之事，了犹未了。

3

遗忘就像癌症，而戏剧是药。

我见过许多戏台，古宅里的，寺庙里的，会馆里的，

我看过许多戏，京剧，豫剧，昆曲，泗州调。

我知道对一个演员最高的赞誉，

"演活了"，就是救活了的意思。

而最好的演员，恰恰也是那最糟的演员，

他救活善的时候，也会同时救活恶，

救活希望时也会唤醒绝望，

他让一个死过一次的人，再一次死去。

再一次，喝彩声仍无法结构远方。

最好的演员不在戏台上，他在已消失的时间内部。

最糟的演员则一直在台上，在角色里挣扎，

如同破茧，想穿过层层时间而来，

带着强烈的求生欲。

4

在戏里，没有任何人是安全的，
因为命运会随时遭到修改。
我看过一个小戏，导演对正在表演的演员
不停地说："反转！反转！"
在他的反转声中，演员做出各种应急反应，
哭的突然笑，赞美的突然诅咒，
活的突然死去，和善的面容突然狰狞。
而我在心里喊：停下！停下！因为
反转会让人上瘾，那种
无法遏制的刺激会产生快感，我们
会忘了我们最初的样子。
同样，庭院也并不安全。
我到过一个大宅，它曾设过日军的司令部。
我在一个宅院里见过两块烧焦的门板，
嵌在墙上，是对空袭中一场大火的纪念。
有次在江边，我看见无数的孔明灯升向夜空。
那是纪念，也是祈福，仿佛高高的空中
比地面更安全，更适合亡魂居住。

5

戏台会拆掉，戏会留在书中。
家会破碎，人会远行，门神会留在门板上。
壁支上有寿星，砖雕里有八仙，剧中人

历尽磨难，但长服仍洒脱，水袖
不改轻盈。因为在我们生活的地方，苦难
是不散的戏；神话，也是不散的戏。
神话就是，人会扮演另一个自我，进入
生活之外的无穷性。
26 度，晴，微风，这是今天的天气，
而一场细雨，正在剧中下个不停。
这也正是光阴经过的方式，构成现在的
是我们对往事的怀念，和新的感觉。
老树分枝，飞鸟渡渊，马头墙的
雪白如空白。而入戏的人
仿佛一个虚构的族群，在替我们
把对绝望的反抗完成。

醒木

我的祖父曾是个说书人，醒木，是他在讲述中，为了引起听众注意而用来拍击桌子的小硬木块。

——题记

1

草尖的战栗被我们的心借用。
持续的悲伤，又使我们渐渐平静下来。
窗帘舞动，卷起什么
又松开，仿佛在把玩一个悬浮在那里、
不被注意的小空间。
平时它是下垂的，薄薄的一层，
不能拥有那空间。
但人已逝去，开了窗吧，让风
给这窗帘一个新的开始。
盆里的火苗也在舞动，高高低低，把能够
够得到的空间，烧得更干净。
与窗帘的下垂不同，火苗从火盆里
向上卷动，并怂恿纸片到空中去。

那是被火过滤过的纸片，更轻，易碎，借助火

找到了自己完整的黑暗。而那些

弯腰的人，念悼词，哭了几声

就转身和熟悉的人相互寒暄的人，完美地

避开了火。对于他们，情感处于刚刚被惊动

就要回落到原处的状态：因为，

如果让那些情感溜出体外，

怎么让它们再回去是件麻烦的事。

遗像倒安静，一张十多年前拍的照片，

皱纹也少，眼也有神，完全不同于

他去世前，被痛楚折磨得不成样子的脸。

如今，那被疾病劫持过的表情

已移植到我脑海里，时不时挣扎着冒出来。

而遗像上的他从十多年前望着今天，望着

自己的葬礼，或者，

是他派出的一张脸在参与自己的葬礼。

脸上是他惯有的样子，带着点儿嘲弄

和玩世不恭（此刻却显得别有深意）。死，

如同灵魂突然被身体松开，

借助喇叭声、鞭炮声、别人的哭声

释放自己。父亲说，

人死后，灵魂就会离开身体，重新寻找寄居的地方。

我听了一惊，感觉到在场的人

都处在某种危险中，甚至，

那悼词听起来，已是适用于所有人的秘密。

词语在虚构荣耀，只有遗像上
略带嘲弄的目光是真实的。
此后，遗像一直挂在家里的香案上方，
忌辰，逢年过节，父亲都会去焚香，跪拜，
那是五十岁、六十岁、七十岁的父亲，
直到八十多岁，须发尽白，看上去
像一个老人在跪拜一个比他年轻得多的人，
而那年轻许多的人一直
在用略带嘲讽的目光望着他。

2

埋他的时候，
许多人用铁锹往棺木上扔土。
那咚咚的声音，仿佛是一种新的声音，
像另一个空间在发声，此后，
他将居住在那咚咚声里。
此后，他将只能出现在回声中。
遗忘就此开始。遗忘
其实早就开始了，有个人说，直到他去世的
消息传来，她才惊讶地知道，他竟然
无声无息，在人间又活了那么多年。
咚咚声很快就消失了，
土落在土上，一种变弱了的声音
开始建构沉默。这沉默

是我们长久的礼物，其内部，

再也难以找到声音的含义。

我们会梦见他，甚至梦见他说话的样子，

甚至懂得他的意思，但不再有声音，因为

一旦有声音，梦就结束了。

梦像一个空间，我们在那里也埋掉了他，甚至

把我们自己也埋了进去。

秘密就是这样，脸孔出入其中，

关系紊乱，情节离奇，意思是：

不用再隐藏了，那些不受控制的真实性。

"我梦见过他来找我。"睡醒后的父亲

有些疲惫，又如释重负。

他讲述他的梦，在那讲述中，过往那些

定格过的故事发生了变化。

梦中，新的情节把他带走过，他像个

被梦使用过的发声工具。

祖父留下许多照片，除了墙上那放大的一张

叫作遗像，其他的，仍叫照片：

一个老人，一个农民，一个

抱着小孙女笑、没有牙齿的人。

而另外的影像，则保管在父亲的脑子里，

那是他的描述，我们的想象：

一个年轻的旧军官，

瘸了一条腿，从冬天挖河的工地上回来。

有次是我梦见他，身材瘦削，

军服的皮带扣闪亮，同昨晚我看过的
电视剧里的形象混淆在一起。其时，
他注意到我在梦见他，转过脸，微笑，试图
对自己从前的冷漠做出修补。
许多事，要以现在梦到的为准。同样，
那些从未发生的事，一旦被梦到，
就会变得真实，并被安插在已消失的时间中。
关于记忆的方式，父亲常用的一个词是：托梦。仿佛
这是解惑的唯一方式。
有时我整理我们的梦，会突然想起那咚咚声。
咚咚，咚咚，像有人从另一个空间
敲我们这个空间的墙壁，每一声
都很清晰，但确实很难听懂。

3

对于逝者，他那运行过的一生
仿佛并未结束——为了某种完整性，
仍在运行。有时我看见一些老人，
很像他，特别是背影或者侧面。
而当我走到那人的面前，却是一张陌生的脸。
他是否真的还活在世间，只是在
我看见他的脸时，才变成了别人？
有次做核酸，我从纷乱的背影中至少
看见了他三次。另一次

是在北京，我看到一个和他特别像的人，
甚至，面部的轮廓也有几分相似。
我舍不得走开，过去和他说话，问：
往南锣鼓巷怎么走？结果，他也不知道。
我们像两个同时在世间迷路的人。
短暂的困惑像一个空洞，像某种
再次出现的未知包围过来。
我曾去过一次南锣鼓巷，那里
一直都是热闹的。只要锣鼓在心里响着，正在
进行的事就不会停下来。
我站在巷子里，看那么多人的脸
穿过纷纷的背影而来，
经过我以后就被藏了起来。
催促的锣鼓声，是有人出场，还是有人在离去？
伴随着这些类似他的人的出现，
他的过去变得不稳定：他变成了一个
既未离去，也不再真正出现的人。他的背影
影响着那些不断穿行而来的脸，昭示着
虚无那无限的包容性。

4

有三个声音：一个
是他说书时的声音，来自溽热夜晚，
没有夜航船，桥边的水面像脱了漆的桌面。

那是他说完故事后剩下的桌面，老旧，
却一直没有坏掉，上面，
有种意味深长的寂静。另一个
来自故事，类似尖叫，但被故事圈住了，
出不来：一个成熟的故事，
已有能力管理好它的声音。
第三个，是啪的一声，醒木拍在案子上的声音。
从古到今，这都是一个无解的声音，
穿过所有故事的纵深，直达听众。
我一直以为，是故事的动人在揪住我的耳朵，
后来才明白，是那啪的一声
在击中心脏，并在情节不断涌现的地方
形成一个瞬间的真空。
啪的一声，清除掉了其他的声音，
啪的一声，溃散的听觉重新凝聚，我们重新
接纳故事的故事性。
他说，好的说书人都知道，醒木，
比故事本身更重要：故事可以修改，唯有
醒木那啪的一声无法修改。
——他仿佛在讲述另一件事，一件关于醒木本身的
简单、又永远不可能讲完的事。
他讲过一个人的咬牙切齿："我死也不会放过你！"
他还提到过另一个人说的话：若有来生……
"他们，都有活在一个故事中的愿望。也唯有故事
能让那些死者继续活着。"

故事在年代间飞行，醒木是黑匣子，如果
你想听一块醒木多说点什么，那一定是
故事在飞行中突然失事的年代。
通常，除了啪的一声，它一直都是最好的听众，
倾听并吸收所有的声音。
昨天在出租车上，话匣子里有人在说书，
师傅说，"到了"。
我道了声谢，解开安全带时，故意放慢了动作，
希望在延迟的几秒钟里，有醒木声传来。
但是没有。说书人继续说着，醒木
静静躺在电波深处。
我知道许多像我这样的人，就是这样离开了
那些古老的故事，消失在都市中。

5

回忆像一个博物馆，适合魂魄留宿。
魂魄，是决定性因素，可看不见。
一阵灰光，随时会沉入黑暗深处，所以
在身体贪恋过的痛苦中，回忆
是最大的一种。
黑夜与白昼却简单，处身其间，像在
浩荡的情感中忘了情感为何物。
影子，总会留在惯性的尽头，留在两个
不肯妥协的界限的中间。

说书人就在那里，这表明，混乱并未消失，
虚构中四散而去的声音，又会波浪般
簇拥着，送回一张黑白插图般的脸。
所有事情也会重新涌动着
冲刷这张脸，使它始终待在特殊的生活中，
成为醒木拍下时，那啪的一声
恰好能够被找到的面孔。
这有什么用呢？也许是老故事
对时间的统治太久了，启示，
却从未成功地干预过什么。
悲剧带来叹息，喜剧止于喧哗，老故事
接受现实的刺激时，声音
被思索纠缠，其中，强烈之物突然暴增，
我们得到的表情也陷入了焦虑。
但这和说书人仿佛没什么关系，他们
始终活在讲述的惯性中。讲述，
像个避难所，他们待在其中，使我恍惚间觉得，
他们是一群活着时就已死去的人。
晚年，祖父的双目几近失明，但他
说书的水平更高超了，他觉得这是因为
盲人对声音更敏感，而且，过于强烈的光
对眼睛是伤害，唯有
黑暗中的讲述，可以避免那伤害，
和它带来的并发症。

山谷

风

不可能有被风吹散的痛苦，
这是别人的山谷，现在，它把别人不知道的
给了我。
此地，没有永久的疑问，但有过永久的答案，
做过官和做过土匪的，名字都在家谱里安居。
而这些，对一个过客有何意义？
藏在心中的城市，一座山谷对它并不陌生，
——与世界一样，山谷，同样有它的反面。
就像风吹过，树在摇晃，
但在树的内心，风毫无意义。
不是因为愤恨或者反叛，它们只是以摇晃的方式，
一次又一次
完成了对自己站立的肯定。

承受

承受山谷如承受自身，此中

有模糊不安的欢乐。

如同处身世界的另一面，我找到了断裂链条的接环，

远方雷鸣的盲目威力，绵延群山对紧张感的厌倦。

而对于坐在黑暗中的人，有一颗星就够了。

神明的意图

是隐秘的，在最离谱的行动中，仍有象征，有需要忠于的尺度。

这样的夜晚，我们能到哪里去？

我们在呼吸，星颗在慢慢燃烧，仿佛世界的秘密尽在其中。

一缕简单的光，正把松涛送进我们的心灵。

安静

多么安静，

一片湖，纹丝不动，连泉声也消失了，反顾来路，

只看见纷纷落叶，菖蒲、苇草、紫竹槐、鬼脸桐……

湖里的山也不动，比岸上的，更像铸铁。

含满金色阳光的天宇，在地下沉凝。

鸟影过后，白云轻，我仿佛守着另外的远方，和家园。

身旁，一只小蜜蜂嗡嗡扑翅，空气中

颤动着细密的涟漪。

崖边

石缝间泉流不息，但不会为谁加快脚步。

像居住在山中需要的平常心，

树叶儿是静的，松树、枣树、乌桕、紫叶李……

好像它们热爱静。

但有风的时候，它们也会狂舞。

前几天，台风经过，在悬崖边上，断了三棵香樟。

现在，翻倒的树叶，已经转过碧绿的脸来。

黄昏

小鸟在歌唱——我说成是歌唱。

我不懂鸟语，如果我懂了，我相信，

我也会长出羽毛和翅膀。

松树是欢欣的，它的针刺形同虚设，梧桐叶大，芭蕉叶

更大，那上面躺着夕光。

画眉的金丝在山道上缠绕，白头翁

留下闪烁的曲线，山坳里，一棵枯干的刺槐

用死亡拒绝了悲伤。

静

再次说到静，一种

类似幻觉的静，依附着山谷的永恒性。

它是要我承认，某些曾经被神承认过的东西？

它的坚定使我慢慢融化，丧失了边界，渐渐

变成了自己的脚步声。

如同窗台上放过的烛火，微弱光芒留下的苦味；

如同海棠树，在短暂的花期里，用叙述修改成的一声叹息；
身体里，蓄积着满含泪水的静。
——并不曾得到回答，
我只是明白了，自己一直携带的问题
是无用的。

散步

相对于瘦骨嶙峋的柏树，我是个俗人；
相对于野百合，我是个失意潦倒的老父亲；
相对于石头上的刻痕，我是个过客，有些古老的字
情愿隐没在苔藓中。
在幽暗的洞穴，我是无名的兽，走上山顶，
我已褪尽了身上的花纹。
哦，我看见过杏花，现在又看见了大片的麦冬，
松涛阵阵，带来了安息般的绿，和柔软的心。

村庄

村庄从前是山谷的产物，现在不是。
一座山谷和一座城市，它们要解决的是同一个问题。

但山谷不会给出谜底，
犹如这小巷之上的天空，此刻，
含着忧郁的蔚蓝，并只为一段小巷而存在。

它与从这里出发的目光相遇时，才因为悲悯，而成为
这个世界看得见的边际。

潜伏

夜色再次填满了山谷，我吸一口气，
氧气一点也没有减少，偶尔有一两声
小鸟的鸣叫，接着是一只大鸟在扑翅，
树杈间，旋涡晃动。
我记得那儿是一棵松树，露珠落下，又像打中了芭蕉。
有时，山谷仿佛悄悄溜远了，但只需一阵微风，
就能把它运回身边。
我闭上眼，我知道我什么也不会看见，晶莹之物，湿漉漉的
事物，
潜伏，悄悄积攒着黎明时才会发出的光。

山林

能拒绝一座村庄，却拒绝不了这片山林。
许多年，它发出的声音，与我们的需要契合。
有人曾离开这里，类似从自身的沉重中挣脱。
但许多年后，仍需要一座老院子，
——我们把它保留在记忆中，完成了对贫穷生活的依恋。
哦岁月，它抛下一座山谷独自而去，又让它从过去
不断来到此刻，这长久的给予

让我们明白，我们之所以未成为弃儿，正因为曾被一点点
放进经历过的事物中。

立场

近旁，是一棵棠梨，它的躯干弯曲，坚定，
像笔直的杉条那样坚定，像荆棘上的刺那样坚定。
山野之间，需要为了什么保持如此倔强？
一只小兽从草丛中跑过，哦，请不要询问它的名字，也许
它不需要名字，更不需要知道自己的名字，
就像啄木鸟从不谈身世。

真与幻

新木皆有来处，枯叶去向已明；
花香在弥漫，一阵风，把它送往不断退缩的苍穹。
乱蓬蓬的剑麻，还没有为未来准备好光，
坟包，还没有完成任何象征。
金盏菊，为了真理我愿饮下你的酒。
但怎样探寻满天乱云的源头？
就像这被刻画的凤，它不真实，它的飞翔同样不真实。
可在冰冷的石头上，它弯曲的胸骨，
却送来了远古的热力。

仿佛

泥土松软，大地缓缓张开了毛孔。
下雨时，没有谁再感到干渴。
那从地下的茎管升起的力，猛然催动，使枞树高耸，使天空
有所感应。
连枯叶也饱含着水，仿佛内心的道路得到了疏通。
屋檐上、梧桐上、竹丛里
传来不同的声音，仿佛落下的不是同一场雨，仿佛我不在
同一场雨中，身体，也在分化，大部分肢体
已经消失。
走到窗前，看见紫薇低头，远方，岚气涌动，
岚气之上，仿佛飘来了另外的山峰。

馈赠

有没有信仰，那从祭坛边
长出的小草？
——都废弃了，只有谜面遗留了下来。
从前是月亮，后来是恒星，有什么样的回声，到过幽暗的
远方，不再返回？最后是沾染过血迹的石块，最后是洁净的
石块上，难解的图文。
死亡并没有解决一切，握过的刀，恨过的人，短暂的
完美，叫喊过的词语，在浆果丰满的躯体里，砌成过神秘的
博物馆。

从前，整个山谷都曾有所回应，橡木，槭，栗树
的眼睛，曾分别叫作：疤，疖瘤，瞽。
现在它们注视，用交错的目光，仿佛要把那被忘却的神
从隐秘的虚空中，拉出来。

不可能

我犯下了罪。
我没有否定神灵，但一直试图同神灵交谈。
而神，是用来沉默的。

不可能一边是人，一边是神，中间是山谷。
也许山谷并不曾昭示什么，是我们的希望产生了痛苦。
但要有痛苦来过，当它退去，浮现出来的石头，
才被沉浸在幸福中。

未完成

石头在点火，但它忘记了自己不会燃烧；
棠梨有过大笑，但它忘记了，皮肤上的皱纹不会舒展。
也许真的有过无法自抑的欢乐，有过天使
和更加稳定的飞行，在万物心中留下过完美的平衡。
现在，月亮登上中天，仿佛仍然有话要说，在将我和草叶、芦苇、
松柏、山峦，建立起来的联系中，它仍然能够

发出不一样的光。

一切都未完成，枫叶的图案、云雀身上的花纹，

都在调整中。鹦鹉和八哥，也一直在等待教科书。

我从溪边走过，看见金色的向日葵，

光芒耀眼，重新回到了激动中。

缺口

墓地记

有次春节回老家，车子被堵在高速路上。
我下来抽烟，意外地发现，
公路边不远的地方，是一块墓地。
枯草和坟丘间，一个男子在忙碌，
他在烧纸钱，放鞭炮。
隔得有点远，看不清墓碑和他的面孔，
鞭炮声也有些发闷。
他在祭奠谁呢，长辈，更远的先祖，
还是早早去世的另外的什么人？
这时，有一辆白色小车从麦田小道上
开过来，向墓地靠近。
而墓地是沉寂的，是那种
被偶尔的鞭炮声和没有声音的人加深的沉寂。
小车停下，里面钻出来一个人，

和原先的那个人打招呼。他们
边忙边说话，后来，坐在石头上抽烟，继续说话。
再后来我上车前行，发现导航仪上
闪过几个零星小村：堰头、李台、赵家岙……
却没有任何墓地的名字。

缺口

我熟悉给逝者烧纸钱的过程：在地上
画个圈。那圈，要留个缺口，方便亲人进出。
纸只能在圈里烧，但要先点燃几张
扔到圈外，应付那些
没有亲人送钱的孤魂。这让我想起
非洲草原上狮群、豹子、鬣狗们争食的场景，仿佛
也在此处发生了。
另一个世界里，强烈的求生欲照样
能把野鬼变成凶猛的兽类。
圈子里烧着各种纸：金条、银锭、冥币……
元宝一块钱一包，铜板五毛钱一串，冥币
两块钱可兑换一个亿……
烈火熊熊，让人温暖，也让人羞愧，因为
富贵如此廉价，像欺骗，
像小时候做作业，祖母问，写完了吗？
我答，写完了。其实我一直在玩耍，什么也没写。
而货币，只有变成火苗才能递过去，只有

先化成灰烬，才能在我们看不见的地方
获得流通的权利。
一个圈，像时空隧道，传送无形，
又像院落的围墙，外人莫入。
我还被告诫，平时走路
要尽量绕开那些纸灰堆，因为那里
看似早已冷却，其实，许多事并未了结，
——别让自己一脚踏进麻烦里。

诞生

死亡不是终结：离开肉体的悲伤
会自行退化，有人离开的世界，
已没有了控制噩梦时使用的焦虑。
感觉稍有不适，并被
奇怪的感觉支配着，生命不是时间，而更
像个玩具。
有人说：我们明天再来玩吧。但明天
已不再是必需品。

死亡不是终结：一个死者仍在
不断获得新生，因为
那曾迫害过他的人，由于再也
感受不到他的威胁转而
开始赞美他，并变成了一个肆无忌惮的好人。

生活没有变，流言
却在重新结构逝者——我们的艺术：唱词、小调、
电影、电视剧、民间传说……
对此有种狂热的偏执。
往事化为事迹——出了错的地方更方便
诞生传奇。而他
真实的一生离开了档案，变成了
似是而非的另外的一生。

死亡不是终结：死者
像在重新做人，他在新生活里流浪，或者
短暂地停留在另一个自己
刚刚说过的一句话里。

臆造的梦

没有冷却。回溯，
在更多地考虑外来元素的加入。
如同在一个臆造的梦中，那撰写碑文的人
要把路径换算为
可供意义占有的距离。语言
不再是探寻世界的感觉，胸中
沸腾的岩浆不再化为谶语，因为修饰和矫正
已更方便——过去依赖想象，现在借助的
是我们娴熟的电脑技术。

"灵魂有七个分身",说明遗产在增值,这增值
被看作是重新获得的物质。所以,
山中的老虎已不可怕,
狐狸,既可以狡猾,也能足智多谋。
无数声音在耳蜗里盘旋,化作
另一种语言,仿佛树影斑驳。
山脉发蓝,一股股阳光从描述中落下,
就像从云的缝隙间落下,恍如
虚空里放下的金色阶梯。

虹变

实际上,我们的肺腑已变成了废墟。
山中多彩虹,地上多巨石,有时是雨后,彩虹架在高处,
使山谷像一座天上的山谷。有时,
露水闪耀,小小的虹闪烁在草叶间,
像可以俯身掇拾的神迹。
那轻盈的,在草尖和凉风中飞行。风
和它掀起的松涛,一旦经过就会成为过去。
有一次我们正在一座石头房子里吃饭,天空中
突然起了两道彩虹,所有人
都停下来,挤到窗边,尖叫,拍照。
和我们的喧闹不同,群峰静静的,山谷
一半幽暗,一半光明,像在重温一种古老的仪式。
这是怎样的经历:心微小,不可见;心,

却又广大，让古今事成为一瞬间的事。
而彩虹，是怎样的艺术，
比思想更直接，让无尽的历险跌落为胸中
这堆五颜六色的破碎之物。

镜像

——不真实。
唢呐在演奏——它的喉管不真实；
溪水流淌，一路上的
深潭、崖柏、决明子、乌桕，像在一瞥间
辨认彼此的陌生感：这样的
遇见和辨认不真实；云实、蒲苇，伸长脖子的
红蓼，和附和中的藤萝不真实。
但话语，最后只能被安静持有，
枫杨哗哗响——那些伟大的时刻不真实。
有时，构树要重复一遍麻栎的话，
有时，木香里夹杂着荚蒾的耳语。
起风了，缄默的舌根
像一棵植物——从野百合的花蕊中，
流出了黎明般白色的香息。
起风了，语言，更像绝望的舞蹈被用来
重新衡量生活。
如同最后的律令，一阵狂风把声音
从辩论中抽走：它运送的光

像一面明晃晃、起伏不定的镜子，

再次盛来了先知的头颅。

静寂与热闹

我们向远游者说话，向归来者说话，

我们不愿向身边的人说话，却宁愿向逝者说话，

向无人的虚空说话。

交谈，在其后的疲惫中，山谷更幽深，需要

我们在祈祷中向它索要庇护。

有时，鸟鸣里的静寂，像林中小屋的静寂；

有时，雄浑的音响，像庞大的城市从山间升起。

村庄掩卷在绿浪间；城市

却一直在扩张，吃掉村庄，把山谷变成了

它的一条街道，一个综合体，一个热闹的片区。

当我们在山谷中忘记了山谷，当我们

重新描述它，像在描述远方，像在给未来重新下定义。

在山顶的体育馆里，欢呼声是新的主题；

而采自山谷的鲜花是颁发给

最先到达终点者的奖品。

我与非我

有人对一个痛苦地活着的人说：

下辈子，一定要找个好人家。

电视剧里，有人对刚刚死去的挚友说：

来我家投胎吧，我老婆快生了。

——在我们古老的生死观里，生，

是有限的，是我们短短的一生；死，却是无限的，

是新的开始，是存储在

我们忘记深处的无法忘记。

——我们的期盼和祷告，都是无法忘记。

所以，我希望自己有前世，虽然我并不记得它。

所以，当我们听取对某个人一生的描述，可能那正是

对我们自己一生的描述。所以，

我是我，也可能是非我，一个

素不相识的他人。

当我们谈论大众的历史，也可能

正在谈论自己的个人史。

那么多的经验曾充满我，我是否还是单纯的我？

所以，我们的出生也可能是复活。

我们渴望着古老、不变的爱，又期盼着

反刍的是一种全新的生活。

风在说话

风掠过树林——风在说话，

风再次掠过树林——无名的事物在说话。

死亡，藏在风中，像一首曲子在练习中

不断丢弃的东西。

当我和我们分开，休止符闪亮，
当一个人说过永别，声音像门，像沉默的灯，
像挂在墙上的二胡，像老房子里拉开后
再也无法推回去的抽屉。
曲子是不死的，演奏和练习演奏
则会穿过自我的感官，停泊在记忆里。
乐器发声，沉醉于自我；乐曲，则是魔法的产物，
会让我们变形。而渐渐
弱下去的回声则摆脱了那魔法，像拍打着岸的水，
闪亮，漾动，成为低音区的花边。
低音，像一种解决问题的方式；
低音区，像一个保留争议的容器。
而风，总是拒绝韵律，拒绝被节拍俘获，
它穿过低音区，像穿过一个无法闭幕的会议，
它穿过虚空，像一种失传的疗法：但它并不认为
有什么早已在那其中死去。

神授

山脊连绵，是去与来，离与散，
是苍苍，是无极。而山谷深深地
陷落在阴影中，像由众山的遗忘构成。
小溪从高处流下，最初是音乐，
是欢喜和悲伤，后来，
进入大河，一种在世间呼啸的神秘挟持了它，

并把它的内心洗劫一空。

高高的天空，像已不再关心大地上的事。

谷底，大河汤汤，随波逐流中

心，变成船、集装箱，变成风车围绕自己的急速旋转，

变成讲述把故事安放在人间，

变成有一天在梦中

得到一个故事如得神授，并明白了

只有人道才能印证天意。

变为一座码头守着流水而流水

像穿过无数遗忘后方能得到的真面目。

无始无终

焦渴的夜空以北斗取水，

星星，颗粒般闪烁，微小的光点以时间为食，

此时的自由，如同手抚摸你而你毫无察觉。

只有逝者知道这世界真正的需要：你倾听，

林间不再有脚步声，命运没有跟上来——它正在

过往的经历中独自旅行。

是什么不肯放过它、它们，影痕般滞留在

因拖曳而留下的黑洞中？

从前，生活甜蜜，我们和恋人

爱，被爱时，喜欢着彼此的样子。

现在，当面庞自流水中浮现，

那里已不再是爱情的出处；那些身体

已不再是未来的出处；钟表
不再是时间的出处。
永别像一次意外，从这意外中分泌出的谎言
正在编写回忆录——在那
虚弱如失窃后的手的边缘，静寂铺开，
因过于辽阔而无始无终。

青瓦颂

花山

1

我用孤峰向一朵小花致意，
向和你相遇的清晨致意。

在江南，我将老死于一支碧绿的曲子。
——又像枯莲蓬插在瓶中。

2

这不是另外的地方。
——从未有过另一个如花妙处。
夕阳，可换小岛一枚。
爬行的螃蟹，
像件遗忘在水边的小事。

3

下了一阵雨，
衣襟如云片。

台风自海上来，
湖面，像一张用坏的毛边纸。

浆果沸腾。石狮饮下凉水，
饮下花岗岩心中的裂纹。

4

月亮不喜食肉者，
戏园里的椅子干干净净。
日出东山，枇杷熟于西市。

石床入水，木鱼上岸。
秋刀不识白刃，
千年大椿，对动物性的欢乐无心得。

5

庙小，佛是大的，
后园里，一只胡蜂有便便大腹。

枇杷小，语言小，

秋风、墙上的肖像是大的。
——唯这小小枇杷，
能治愈浩大北风的宿疾。

青瓦

如果瓦片轻盈，屋顶
就像翅膀在安慰低处的天空。每个

坡度里都有梦境在倾斜，
在高高苍穹的注视下，在回声般
正被庇护的空间中。

幸福易得时，桃花水母会浮出水面；
而若温暖恒久，陶瓷就会睡上一整个雨季。
在江南，小镇，是神的手艺，
廊柱来自山林，青瓦来自烈火，
而树叶间的雀舌，瓦垄里的小草，
无人深究它们来自哪里。

神话·一

1

连日暴雨，山洪

在溪涧里冲撞，像一群猛兽。

但溪边的美人靠不为所动。
饮酒的人，打糕的人，不为所动。
天井潮湿了些，但我们的幸福观不为所动。

石刻、木雕里，仙人在嬉戏。
为了某种纯粹的欢乐，
他们选择不改变，不停止，放弃了
对外界的感知。

2

窗口一直是个知情者。
只在有人去世时，低低的乐声
才能让人意识到告别。

鸟儿落在树上，灯笼挂在廊下，
西山上，夕阳的眼神再次变得柔和，
低处的生活，恰恰是被眺望的生活。
有次在火车上，望着窗外闪退的山河，
我想起古镇池塘里沸腾的星空，
想起那么多浩瀚的事，仅仅是
被收留在方寸之间的事。

3

麻石上，八仙遨游，
屏壁间，鱼龙互变。
——我们在生活中，又像在另外的生活中。

岁月蒙恩：我们活得很好，后代们
会活得更好。
抚摸木作，像抚摸更久远的岁月，直到
手指停在一个仙人的脸上——那脸，
五官已被锐器挖去。

"睡梦中总有人
把一枚刀子递到你手中……"
有些暗夜，看守门户的山峰
如狮象，会发出低低、不安的咆哮。
——暴力在逡巡，寻找着目标，但只有
通过一群没有脸的神，
才能讲述曾经的遭遇。讲述

被错过的历史：他们，一直滞留在
年代深处，替我们忍受着
莫名的狂热，和非人的寂静。

琴声

1

栀子花开着，不倒翁在发呆，
山墙上，两只小狮子在玩耍，
群鸟飞掠，还俗的僧人是个好木匠。
欢乐和光阴都晃个不停。

2

老街古旧，群山无言，
睡莲在门海里醒来。当我们
知道了小镇原来的样子，
琴声，浪花一样卸去了码头的重量。

每当山洪暴发，大地震颤，镇子
仿佛瞬间就会被冲垮。
而在安谧的夜晚，所有人呼吸变轻，
月光浮动，石板、屋脊、合欢树，都在梦中。

这正是我们的小镇：一直在
一头怪兽的注视下。
但桥洞，已用优美的弧线把洪水吃掉，
琴声，从某个房间传来时，恍如

事后之事，恍如无名的神
始终跟随在身旁，一截枯木
在把它收藏的情感献出。

沙头镇

1

青山平安，龙虎藏于古寺，
幸福的映象，是小镇上的一只梅花扣。
有人在整理红绸，手指
被风俗缠住；
花轿，是个失而复得的老故事。

2

最美莫过夏日，
海浪卷起，一层层……
心灵也曾这样不知疲倦，不停歇。

最美莫过登上高高山岩，
望着晨雾，望着远方，
看大海带着预感在排浪中奔波。

3

夕阳可入药，流水没有言辞。

瓦肆内，曾有个人歌唱，现在，
廊柱在回忆她的歌唱。
花瓣落向针尖，星空去而复返，
海滩上细沙无数。

4

红烛肥美，老家具有轻微的嗜睡症。
——多少福祉流动，
在岁月愈陷愈深的内部。

亘古春夜，风暴
栖身于古谱
无人能解的残局中。

一天，又从颤动的镜面那里开始了。
轻寒中打开院门的，
是枯枝，和身段婀娜的少女。

晚祷

我爱你。这爱，是晚风的恩赐。
在秋天，在静静的小镇，
房屋的暗影像阵阵晚祷。

我知道的茫茫黄昏，

不如正在到来的这一个黄昏。
我知道世间那么多相爱的人，
不如我爱着的这一人。

我爱你，像月亮来到天空一角，
又像一只灯笼，照着
一小片墙壁：一粒火躲在纸里酿酒，
笑声和身影互换了位置。

香樟树像种失传的信仰，
拱桥的圆像圆满的圆，
我爱你，这爱，像井栏，像墙角的木梯，
像无数安静的、正一点点
放弃轮廓的事物。

窗前

我曾在某个旅馆的窗前朝外眺望。
有次，我看到的是河水。
那是清晨，船队泊在薄雾中，
我感到我是那么爱你，爱，
像在永不停歇的流水上获得的安宁。

另一次是在城市一角，
窗外，是陌生的屋顶、街区、树木和春天。

我们回忆着一起到过的地方，
想起某个黄昏，窗外是一条污秽的小巷，
巷子尽头，一树白花在开。

在这世上，并没有为爱存在的事物，
是我们的感觉在其中留驻。
有次，窗前的天空被树丛遮住，
天花板摇荡着清凉与孤寂，一间斗室，
像个大于岁月的怀抱。

清晨

我们的清晨，比雪和细雨更好。
天气转换，星座在干净的石头上散步。
地上的影子，像树木的旧衣服。

梅花就要开了，你尚未醒来，
江南在天宇下静静闪光。当我凭窗俯瞰，
一队驳船，也在深深的睡眠中。

漫长岁月，我们曾受过怎样的庇护？
当我再次从窗口远望，天地澄明，
燕子穿州过府，稻田青青，
石阶是已经完成的旅行，白云在河心
投下可以用来结婚的倒影。

神话·二

1

她喜欢首饰，喜欢透明
或半透明的小东西。一只玉镯
戴了太久，内有云絮升起，
像她的灵魂，偷偷跑出去玩耍。
她喜欢玛瑙红艳，翡翠冷碧，独对
切割精美的钻石保持敬畏。
那就是爱吗？或者，
是比爱情更纯粹的东西？每一个
陡峭的棱面上，都有光跌倒。但更多的光
补充进来。内部
耀眼，沸腾，一个光线的浩大墓场。
每次经过珠宝店，她都有些眩晕。
有次，她看见招贴画上的"克拉"一词，
感到自己的脊椎，轻微地
"嘎啦"一声，响了一下……

2

——即便是一枚小小的戒指，
也能完成重构：像一个
圈套，它借一根
纤纤玉指，

就能套走生活的全部内容。

美人老去，唯首饰幸存。
猫眼仍会带着寂静和神秘想往，
碧玺，则温暖、执着而动人。
冰种却是冷的，对美的追忆，有种
令人害怕的语气，几乎
超出了美管控的范畴。

琥珀黄，象牙白，微沉金叶
知道与风无关的事。
光阴不修边幅，而少女们
一直站在它的对立面。当她们
转过身来，皓腕细腻，星眸闪烁，
已成神话的一部分。

秘境

1

我去过一些古镇，它们

有的仍热闹，有的已空寂。

在那些老街上，有老房子，也有仿古建筑。

有打铁铺、糕店、漆器店、香料店，祖传的手艺，

也有网吧、美容院、国学补习班。

我看过一个小视频，一座深山里的古镇，

镜头中摇晃着桥、河水、老街，穿睡衣的妇人……

有个声音在解说，这座

原来几千人的镇子，已冷落，只有几百人了。

而我仍然爱着它，就像爱着

在电影和电视镜头里看到的那些：

演员们演得很好，人都回来了，穿着从前的服装，

像是一直生活在那里，

还要生活很久。

2

我们必须爱志书里的小镇，

爱消失的桥，流走的水，已经不在人世的人。

我们必须爱这些：

小调、野歌词、草木的乳名，以及

一只苍老的手抚摸孩童头顶的时候

在我们手上留下的感觉。

我们必须爱屋顶上的瓦片，街上的石板，

爱它们的拼接要胜过爱游戏。

我们必须赞美小镇从前的样子，因为

那是我们的心可以找到的样子。

我们必须爱屋顶上的天空，天空里的云，

我们的爱，飘走的时候是云，

牵在手里时是风筝。

我们必须赞美一只鼹鼠，它像民间的智者，

我们要爱它挖出的一大堆黑暗，和它对黑暗的怀疑。

我们要爱那时的月亮，就像爱现在的月亮，

一遍又一遍，它重新长大，从头学习

爱小镇，爱青山和人世。

3

乔木都固执，灌木爱长刺，

河水和船，都有失踪的记忆。

手上的伤口会痊愈，也会烂在手上。手，
会滞留在回声中，曳着
刀子无家可归的愤怒。
街上有家纸伞店，伞，是非遗项目。在那里，
我曾照过一张相，我从手机咔的一声中，
听到有个声音，在把时间分成时代。
秋天时，有个人来小镇做田野调查，他想写一写
一股土匪，和这个地方的关系。
当大雪落下，他写出的却是另一个故事，
故事里有两个人，分别居住在小镇的两头，
一个爱画画，一个爱种花，
等到画作完成，他们被隔在时间的两头，
一个在古代，一个在今世，
今世的这个想回到古代去种花，而另一个
在时间中侧着身体，扁平，像一把折扇，
护送花朵从扇面上穿过冬季。

4

所有重现的热闹都恍如虚构：
书店、民宿、石桥，网红打卡地。
恍如虚构：窗口的星空，爱着的男女，灼热的
芍药光团从他们胴体上滚过……
恍如虚构：刺青、女儿红，一只在脚踝上乱飞的蝴蝶。
恍如虚构的小镇上，生活已再次得到赞美，

昆虫的细足，枫杨粗壮的腰身，一个白发妇人
比我的母亲更老，也更幸福。
南国的黎明，是神碗里的清水，
古老磨盘，有类似岁月源头般的安宁。
江，一部福音书；古树下的驳船，
像个小憩的敲钟人。

5

我们在桃核上雕出船和人物，
把碗做成斗笠的形状，
把紫砂壶做成竹节和美丽的乳房的形状。
我们在象的转世中，寻找象形的真谛，
在青瓷的釉色中，重新听取风吹过树林的声音。
一个画工，把人画在门板上，让他们变成神，
一个石匠，把恋人的脸雕成观音的脸，如此，
我们把对恋人的爱放入膜拜的时辰，
把对自然的爱放入品茶的时辰，
把对神的敬畏放入今日，放入明日，放入每一次
门的开关中。有次下着雨，
我站在小镇的走廊上，雨
落在瓦片上的方式，正是瞬间找到永恒的方式。
瞬间是碎片，永恒是空间，
艺术和神是碎片，日常的容纳是空间。
有时没有人，房子空着，人也许不再回来了，

雨落着。雨，在把今日改成他日。

6

玻璃橱柜里摆着家谱，
一个家族的堂号，是木梁上蒙尘的匾额。
这里空荡荡，是景点、纪念地，
一个年轻的女子俯身观看那家谱，
当她顺着昏暗的木梯走上二楼，
她的长裙是《诗经》里的朝霞，
她的脸，是一张天使的脸，是古老黎明的脸。
家谱里的名字，是彼岸，已彻底安静。
而老街是此岸，天使是此岸。
暂时和永恒之间隔着一层玻璃，隔着
楼梯木缝间，每当有人走动，
就会发出的吱嘎声。
院墙上挂着几个木车轮，挂着
无人再踏上的天涯，和许多背影消失后
留下的空缺。
堂号名蝶衣，许多漂亮的蝴蝶，刻画在纪念品上，
翅膀，是记忆，是轻质的美，美的残片。
而成群的蝴蝶，翩跹在小镇外的稻田上，
稻穗已成熟，低垂下来，弯曲的稻颈
是承载着幸福之重的美丽弧线。
那弧线，弯曲在此刻中，轻轻晃动，仿佛

可以随时出借给一首诗。

7

古木和一棵小树
没有区别，它们的树叶没有区别。
它们用身躯经历彼此：一个用幻想，一个用回忆，
只在某些偶然的时刻，那苍老像是时间的，
那新鲜像是反时间的。
树下的小路上，所有的经过者没有区别，
放蜂人的身影像裹着寒冷的泪水，针刺
和飞行的蜜，用来区别悲伤和幸福。
孩子们在读书，墙上有褪色的旧标语，
小小织女星有枯寂的心，
农夫、村妇、小贩、避世者，他们
像光滑的石板，又像阴晴不定的天气。
课本里的字，早已由繁体换成了简体，
小镇深处，无人住也无人修的房子，火花，
沿着它们的边缘滚动。
天空湛蓝，像一块从不接收我们信号的电子屏，
而山林喧哗，像缺席的记忆，又像早已
提前完成的古别离。

8

山中烟霞，会使人间与仙境

206

混沌难分；有人骑鹤于云天时，一粒米

微弱的光在低处亮着，而喜欢

吞云吐雾的人正在田畴上低飞。

山间，石头如枯柴，小庙的香火，

有时炽烈，有时如耳语。走钢索的人，

常会走到天空的另一端。当他

剖开薄雾归来，他说，自己在前世是个樵夫。

由此我推断：古街里卖扇子的人，

必善于卖清风；把甜玉米

烤得香糯的小贩，亦能了悟禅机。

风从湖面上卷来图案，那图案中，

仙与人的关系总是从

对立开始，又只能在相互照应中延续。

能于煎熬处掇取心得者尚有

梅花桩艺人，无论季节怎么更迭，他只要

属于春天的那部分。

站在山顶远眺，县城像村落，所谓秘境，

就是分不清那些背影，来自笔的勾画，

还是一支失传的曲子。

是的，一个人如果肯走漫长的路，就会赶上

同样在山谷间赶路的传说。

倒影里，溪水在回忆打铁的人

和小手艺里的大道理。雾又浓了些，

像迫使讲述停下来的、

一个不需要结尾的故事。

9

头顶，斑鸠在唱，这难以描述；
山谷也有过发热的美梦，这难以描述。
风卷北斗，山谷被卷向浩瀚的黑暗，
寺庙前的石狮子，因抛弃了仇恨生活得更好。
木雕上的人，忘掉了宿醉和旅程。
曾经，山中来过香客，运河里走过赶考的人，
暮色和水声，拍打着青苔和石埠头。
那时，樟树是王，八哥是信使，山谷
是个小中心，少年远行，功成名就后
告老还乡，翻祖宅、祠堂，修桥铺路。
岁月如白瓷上的一朵青花，
老屋酒暖，江山是别家事，一座座山峦，
像绿得发蓝的球体。

10

辘轳转动，水车转动，
不时有彩虹挂在山顶……这些，
已成小镇的过去。
大路上来过拖拉机，小道上来过打伞的人，
我曾写下对未来的憧憬：一个少年
顺大河远去，消失在茫茫世界。如今，
这些也已成为过去，因为，

我知道他现在在哪里。

有些人早已死去，衣衫还在路上漂移，

溅满了泥点儿和灰尘。这情景

既不是过去，也不是现在，

它属于一种"他时间"。

祠堂里常聚些喝茶、打牌的人。祠堂，

还曾改成过会场、戏台、食堂，

现在，类似一个民俗馆，里面放着木桶、

纺车、织布机、食盒……

风箱的把手曾油光锃亮，现在，

因不再被使用而加速腐朽，

连同蓑衣、竹篮、罩子灯、搪瓷缸子……

它们终于变成了"别的事物"。

11

小镇最清晰的部分，一直留在传说里。

岩壁里的化石，医生的小箱子，都是神秘的。

光线，飘浮在小巷的呼吸间，

河边的小木船，有紫色苜蓿花的清凉苦楚。

又是多年过去，月光清澈，那是从忧郁中

返回的月光。小溪潺潺，

那小溪，是失效的恋人，也是往事勿哀。

房屋新翻，檐兽望着山峰与天空，这些小东西

在重新与远方取得联系。

12

溪水边有过赤裸的孩童，
小庙里来过喂马的镖客。
那是一座我们共用的小庙——恩人与仇人、
商旅与匪徒、乞丐与老爷共用的小庙。
有时它也是荆棘的小庙，野鸟的小庙。
一切都在变化中，智者易老，
摇摆的天堂树，有被尘世耽搁的羽毛，
一声祝福，仿佛木香花谱成的小曲。
在寂静中，在青烟中，
鸟儿们鸣叫着飞过，像一个个梦离开我们，
重新去寻找另外的躯体。
跪拜的人走了，祈福的人走了，
砸掉佛头佛手的人
也走了。风松弛，教义迁徙，
残缺的塑像无处可去。

13

石板路，既伸向未来，也伸向往昔。
如果一个人站在这条路上，如果他
再多站一会儿，一件具体的事就变成了抽象的事。
私奔者、自杀者、小偷、渔夫……
总是在重复，因而故事等于零；讲述者，

总能再次轻松地讲到永恒和真理。
这使那么多人，一直在小镇的怀抱中，
又无一不是他的弃儿。而一个人
站在石板路上，他的站立也渐渐抽象起来，
超出了路和行走的范畴，同时，
也让怀念在接受莫名情感的控制。

14

枸骨的叶片如幽灵的收据，
岩石铁青着脸，带着它失效的游戏表。
在这之上是早晨，是鸟爪和啼鸣，
是水洼孩子般清澈的脸。
而在另一些时辰，螳螂跳跃，萤火虫愤怒，
小镇像陨石，良知是昏聩的老榆树。
山谷，总在重新结构自己——那是完成了
对人世的再次测试之后。
——光线投射，你正好在那里，
就像那个人那个人那个人，坐在黑暗里，周围
蟋蟀自顾弹唱，青蛙则偶尔咕噜两句，
寻找可以应答的声音。

15

叶片的形状，像眼睛，

像嘴唇，像矫正过形状的心。

而许多人，像是秘密长大的：失传的谚语，

看护着远去的岁月。

想数清树叶是徒劳的，数清它们的心愿是徒劳的，

它们太多了，且总是摇晃，

它们哗哗作响，像在教堂里歌唱过的人，

像被分叉的时间传唤过的人。

它们的一生，是一场风中的事。

当叶片落尽，疏离的枝条，唤起我们的方向感，

可如果想捋清楚一件事，就要穿过那

相互交叉的另外的事。

我的手掌像树叶，我的掌纹像枝条，命运在其中扑朔迷离。

可看看吧，看看地上的落叶烂掉的丝络，

听听那北风。一棵树摇晃着，它心中的远方，

是它永不能到达的地方。所以，

如果手里握着一件东西，不要握得太久，因为

掌纹会尝试进入他物，而你并不知道

你把握的，是得到，还是正在失去。

活页

螺丝湾，古邗沟

许多年后，河流成谜，
一个暴君，变成了破谜人。
从谜底开始，他命人挖一条河，
以便自己在其中航行。是那种

绘有虎面的船，
滑行在中毒的时间中。
旗帜如火，谜面如油，
盛开的情欲如花团怒放，爱情
像被摧毁的天气。

许多年后，大地已空，只有他
不愿从少年的心中退场。
放纵与繁华之让人兴奋，
像在谜语中养虎。江南三月，
春天，谜一样摇晃，

甲板、垂柳、博物馆，像一群猜谜人。

运河流淌，少年仍在成长，低低的
虎啸如梦境。

泊头，明代沉船

……一个事故：
从队列里它突然消失了。
沉溺者，变得不可捉摸。

像个不知所踪的异见分子。
又像避祸之道：长久的沉默使舌头
成了埋在口腔里的一艘沉船。

不再发出声音。仰视中，
国家，像船队正从水面滑过。
船底，像一张张无动于衷的脸。
桨，不断探入水中，像搜寻，其实仅仅
只是在急迫地拨动时间。

而它的时间已停滞。
——愈陷愈深，继续沉降，
彻底放弃了对眼前的感知，直到
进入完全的黑暗。直到无数年月后

一只无形的手，开始从记忆里往外搬东西。
"它保存得很好，
就像一直等候在这里。"
发掘现场，一群人憋足了劲
把它往上抬——像在
和它的下坠，以及

附着在它身上的重力拔河。
——也许仍有点早，
它黑黝黝的，对天光有点不适应。在思考
造就的黑暗中，它还
没想好怎样向我们开口。

高邮，盂城驿

你想给空无写一封信。
你的信寄到那里时，那里
会出现一座房子：有人
为了接收一封来自未来的信而提前
等在那里……
"相逢时的表情变得隐秘，
并在另外的空间中发生了转移。"
你仿佛在给天堂写信，
有时候，你真希望天堂里有个剩下的人
给你回一封信。

你站在那里，抬起手，向着空无
敲了几下，像在敲一扇门，
你甚至在心里问了一声："有人吗？"
回答你的是风，和一树繁花。
后来，你站在一座仿古建筑前。
真快呀，你的感冒还没有好，
春天就到了。

扬州，史公祠

"最难的，是你不知道衣服在想什么。"
公元 1656 年，屠城后一年，史德威
葬史公衣冠于梅花岭下……

告诉我，那布帛是怎样
在离开肉体后获取了生命？并从
被埋掉的黑暗里提取呼吸。告诉我，
什么人，正在无人注视处正其衣冠？

屈铁枝头，梅朵爆裂。
春天带着怒气，美在挣扎中分崩离析。
飞檐、船厅、朗朗木柱，你如何
说服它们在建筑学里安身？

小雨落向瘦西湖。我们上桥，下船，

——并没有出现在别的地方。来自
护城河的风在景区里游荡，为花蕊
和善于遗忘的水面授粉。

祖逖击楫，文山取义，危城中，
有人因愤恚而断舌，碎齿。告诉我，
漫长妆容是怎样
取代了葬在镜子深处的人？

镇江，运河入江口

夜晚，入江口像一间黑暗的屋子，
绞绳和帆索嘎嘎作响，听力好的人
能从中听到我们命运的预言。

而在皎皎白日，运河如镜。
——倒灌的江水已放慢了速度，稍稍
和交汇的激情拉开了距离。但身体里
残留着从湍急、蛮横之物那里
借来的怪力。

——更大的水掌控着另外的流向。
船队在经过，生活
正是从搏斗后的疲倦中上岸的。
像一个舟子，拖着影子回到家中，

顺便带回了远方的光影。
他的面容更新了庭院里的空气，
以及家人说话时的心境。

运河穿过街巷。它从江边来，本是一个
倒影和漩涡的收集者。
——像一个巢，它变得克制，
弯曲，狭窄，却意味深长，使生活
有一个在内部混合的深处。
门在掉漆，剃头挑子冒着热气，
从楼上的美人靠上下视，
商业街里水纹密布。
因为水的透明，这生活才变得
可以透视，并使这庸俗、
内藏冲动的日常，反射着刁斗的视野
和船只的幻影。多少
秘密深藏，又无声息地离去，一条
有经验的河流，使街市
像一条有经验的船：伟大的
技艺在制造微小的快乐，
并维护着它们的流动和完整。
时光粗野向前，而运河负责的
是古老感情的副作用。
水，因交汇、激荡而混浊，留恋，
老城深处，河底的天空却愈发清旷，

并分走了河流的一部分重量。

浚县，大伾山石佛

天地已变，佛不变。
——俯视中，他不曾缩回他的手。

风吹过河道，仍有波浪在草尖上疾行。
——风是最好的致幻剂。

——仿佛仍有东西留了下来，
并活在那起伏中……
用于镇压的手，其后可以用于安抚，甚至，

会重新触及另外的时刻：它调解过
激流内心盲目的自恋。
当激流消失，某种
神秘的威力，已从宗教
转移到了情感中。

——是失败的本能在处理
我们的生活：相比于手势，手
是平庸的，但更耐用。对于
不断到来的年代，手势在拒绝；而手，
总是先于那手势进入其中。

邵伯，古码头

水太清，像不存在。
水底，长草摇曳，像被风吹动。

船如悬空滑行。这是远来的、
三五好友饮酒后的时光，回溯与辩论
恍如灵悟——其深处，空蒙无底。
这也是那扮演空无的水：要释放完重负，
自己，才能若无其事存身其中。

再往前，连片的野枫、构树，影子
在水面舞动，仿佛在争夺
一种难以自省的致幻术。

在亭子那儿，我们谈到
重建的庙宇、簪花者，和一个诗人的离世……
有些伤感。
那伤感没有声音，迅速遁入真空。

护堰的石墙严峻而灼热。借助它
毫无表情的面孔，一束
石缝间的小草在完成它的葱绿。

台儿庄，丁字街

当船队启航，据说
所有波浪都无处躲藏。

据说，相对于那些野河，一条
人工的河流更需要感情。

我知道那些街市、家族。
大地变幻，它们生于码头，死于码头。
流水曾像火焰，穿过乱石与传说，
开启一首诗的第一行。
又像一根血管，潜伏在
对古老帝国的信仰中。

——它在皮肤下变慢了。古街上
是似是而非的古建筑、私房菜、红灯笼……
宽袍大袖的人，向风
借来的风度已被风索回。

古河道，从前是急迫的，总试图
摆脱积沙的纠缠，现在，
它在丁字路口迷了路。
明月走过高空，只观看，不引领。人间
再次被置换。

码头已完成，群山已完成，
而运河滚动着，像古老的宗教，
尚未被完成。

绍兴，咸亨酒店

如果去看一个人，就太晚了，
只能看到店前他的雕像，
你雨天去，他就在雨里，
你雪天去，他就在雪里。

吃豆，什么时候都不算晚。
想站着喝酒，也可。
我们仍不关心"茴"字的四种写法，但知道，
一不小心，就会失去膝盖的危险。

没有儿童，
世间，所有的儿童都已长大。
柜台仍像一把曲尺，此间，
所有东西都已涨过价，
只有它，仍守着恒久不变的刻度。

北京，南新仓

下雨了，灯笼亮了。
房子也亮了，一片片红光

被分给雨。房子像一只大灯笼，此刻，
最好的雨仿佛在围绕它落下。

食客们落座。墙上的文字、图片，
是关于房子的介绍。
南新仓，六百年，北京市东四十条
22 号，它还曾是
避难所、兵器库、废墟……
没有美味相佐，历史也是难以消化的；所以，
改为一座饭店最合适不过；所以，
我们像坐在历史深处饮酒，有些话，
就是说给不在场的人听的；因为，
历史被反复讲述，但还是
有很多地方被漏掉了，比如，
穷人的胃，富人的味蕾，国家的消化系统。
万事皆有约束，包括我们难以下咽的命运，
但口腔除外。如同秘密的职责，如同你咀嚼时
雨在窗外怪异的讲述。
在古老的时代，总有船连夜入京，许多
描绘运河的画卷向我们讲述了那场景，
在通州，在积水潭，对桅杆
纠缠不休的风离去了，靠岸的官船运来的粮食，
一直闪着和朝代无关的光泽。
热闹的街市，雨的反光，庸俗的生活里一直都有
我们努力要抓住的梦想。

被拆解的光阴，一直都是一个整体，就像
我们继续坐在这里饮酒，并点亮了灯笼。
这粮仓诞生于遥远的世代，但要取消和我们
之间的距离，总是轻而易举。
也许，它无意指出我们生活的方向，
但假如你不熟悉自己的前世，
就交给他者来安排吧。
也许美味还不够，谜语需要另外的密码，
而在一切可以回味的事物的内部，咔嚓咔嚓，
不是切刀，是另有一座时钟走得精准。

洛阳，大运河博物馆

独轮车不再需要推手，
桅杆，停在不知名的天空中。
一直有人在造船，但那些船
也许从不曾抵达过我们，倒是幻听中
叮当的斧凿声不断传来，像一种
致命的诱惑。

"是的，一条河到最后
消失在博物馆里才是合理的……"
像一个恶作剧，在这世上唯一
没有风的地方，帆都饱满。而生锈的
箭头射中的肉体，

已把全部的疼痛转让给了光阴。

我们边走边聊，聊到
那些在大地上消失的城市，是怎样
像一艘艘船，秘密地泊在志书中。
我们停在一张古地图前：
大海居右，河道像秘密的语系。
纸张有比我们更深的沉默。
——灯突然灭掉了，我们咳嗽一声，
灯再次开启，博物馆像一座
突然在光中冒出的
失踪已久的码头。

常熟，尚湖

昨夜有人饮酒到天亮……
山庄仅供参考，美人、义士、亡国者，
仅供参考。照例，
书页从逝去多年的人那里
接过废墟，和无法修复的朽坏了的情节。
晨光熹微，老藤条在檐头晃动，
它缠住的东西，一松开
就会变成阵阵无法收回的风声。
照例，宿醉摇晃，意气难平的人、被痛苦
折磨过的事物，都有些模糊。

放松下来的水，是解除了内心紧张的水，
细波粼粼，像从无数时光中捡回的光。
水上新荷，是清香中一位刚刚痊愈的神。
一个空怀抱，悄悄退回到有限中，
又敏感于和世界重新摩擦时
产生的、崭新的知觉。

杭州，咖啡馆

古桥高耸，咖啡馆的木质平台
延伸到水边。
明月滑下柳丝，
带着柔软光束。

而人呀，是否要经历过漫长黑夜
才会变得更好？
神意荒疏，护城河停止了滚动，现在，
迷离光晕，是人间幸福的一部分。
我们在桥边散步，又坐上船，划向
星空燃起又熄灭的地方。
明月位移，竹影、爬藤、碎花和木纹、
老照片里的琥珀黄，
都是水的回声。

我们坐在靠河的窗边，笑意

在眉宇间流动，
你的面庞正是初夏的模样。
——古老的水在你眼眸里闪光。

苏州，枫桥

桥，卧在残月下。
蟋蟀，遗落在黑暗中的小乐器。

春笋繁花已去。要经了霜，
才会有最后，才知道什么是剩下的。

案几上，杯盏是剩下的，
晚钟里，寒山寺是剩下的，
时空挪移，船队的引擎突突响，
十步之外，整条大运河都是剩下的。

站在桥上的我，被剩在谁的扶手边。
一棵晚枫，像个剩下的僧侣。

潍溪，临涣镇

灰灰的小镇，泛着暗淡光泽的
老街、土产、方言。
它也有城墙、城隍庙，沉默的
古运河，嘈杂的

农贸市场，散发着

地摊儿味道的服装店。

唯老茶楼的暗黄桌椅、土瓷和粗砂，

有种褪尽了荣光的安宁。

从郡到县，再到一个小镇，

这倒退般的演进，需要一只火炉，

才能把方志里沉重的话题，

置换成茶汤的回味无穷。

清晨，门板卸下，大灶热气腾腾，

待到茶客满座，有人来唱坠子、拉魂腔。

有种欣悦，像耍碗，或耍手帕，从技艺

那紧张的连板里偷得悠闲。

琵琶、腔调，都是老的。

上面来人参观时，就唱些新的小调。

望风采柳，水袖舒卷，

有个盲者的绝活是，掐一根竹篾当软弓，

就能让京胡发出百鸟的鸣啭。

最欢乐的声音最偏执，

——仿佛我们拥有的，

仍是剔除了时间观的古老自然。

传说，他者说

鱼变

小鱼在网里、盆里，

大鱼，才能跳出现实，进入传说中。

那是运河的基因出了错的地方，

在它幽暗、深邃的 DNA 里，

某种阴鸷的力量失去了控制。

昨天的新闻：某人钓到一条鲩，长愈一米。

而在古老的传说中，一条河怪

正兴风作浪，吃掉了孩童

和用来献祭的活猪。

所以，当我向你讲述，我要和

说书先生的讲述区别开来：是的，

那些夸张、无法触及真相的语言，

远不如一枚鱼钩的锋利。而假如你

沉浸于现实无法自拔，

我会告诉你另一个传说：一条

可爱的红鲤，为了报恩，嫁给了渔夫，

4444

为他洗衣做饭，生儿育女。
——当初，它被钓上来，
流泪，触动了我们的软心肠；
被放生时，欢快地游走了。而当它
重新出现在我们的
生活中，喉咙里的痛点消失了，
身上的鳞片却愈加迷人。

五毒*

足有千条，路只一条。
骇人巨钳，来自黑暗中漫长的煎熬。

唯黑暗能使瞳孔放大。黑暗为长舌
之墙上，无声的滑动与吸附所得。

万千深喉，你认得哪一声？
它也有欢歌，有满身鼓起的毒疙瘩，隐身于

夏日绿荷。而山渊、淙淙清流，
接纳过盛怒者的纵身一跃。将它们

放在一起，肉身苦短，瓦釜深坑浩渺，
胜利者将怀揣无名之恶。

唯青衣白影，腰身顺了这山势旖旎，
千年修炼，朝夕之欢，此为神话。

青灯僧舍，温软人间，已为世俗别传，
推倒盘中宝塔，亦为蛊术。而当它们

再次相会于山下的中药铺，陈年怨毒
尽数干透，都做了药引子。

＊民间所传，蜈蚣、蝎子、壁虎、蟾蜍、蛇，是为五毒。

山中小镇

善良的嫂子住在隔壁，
现在，隔壁已改成了民宿，
茶桌边碰面的，
是来自远方的观光客。

好人得长寿。又一句：
不杀贪官不散戏。
他们谈论着在高腔里迷路的一座山，
据说，云上有条石板路，一直
等着有人从另外的日子里归来。

青色的石头能镇宅，

贵腐酒、端午茶，适合加固记忆。
山鬼、龙子、二流子、成精的野物，
生活拿它们没办法，
但古老的传说知道怎么处理。

据说，有家老宅下埋过几坛银子，
茶社打烊前，它们
会化作一群白鸟在天上飞。

石龟

山坡上，道观后面有只石龟，
据说原是运河里的妖怪，
兴风作浪多年，被一老道施法擒住，
变作石头丢在那里。
据说，石龟一直想重回运河，每年，
趁着老道不注意，
都会朝前爬动一点儿。
也有人说，它早已幡然醒悟，
变成了灵兽，如果
真的重新回到河里，本地的村子里
就能出一位大人物。
后来，老道云游，不知去向。
后来，破"四旧"，它被人砸断了脖子，龟头
不知去向。

现在，它仍趴在荒草间，一只无头龟，一块
传说失效后的破石头，
许多年了，再也不曾移动过位置。

吊在船帮上的人

她说，她对运河最早的回忆，
是婚后，有一次，
她和老公吵了架，
他跑出门去，很久没回来，
她有点心慌，抱着婴儿假装
出去散步，
实际是去找他。
先找到的，是运河边，
他的一双鞋子。
她的心一下子吊了起来，沿着河
上上下下找了许久，
终于远远看见了
他扒在一艘船的船帮边，
优哉游哉，半个身子吊在水里。
她气坏了……
我们却笑起来，原来，
生活，还有更加可爱的处理方式，
烦恼，是丢在岸边的一双鞋子，
能确认的是，他不会真的跟着船远走，

因为无论走多远，即便
到了另一个朝代，还不是一个
大同小异的故事在等着他，
所以，不如吊在船帮上，安心待在
"现在"中，享受快乐的
浪花冲刷着身体的"现在"。

撒谎者

那时，下到河里戏耍
是不允许的，因为总有小孩子
耍着耍着就不见了。
畅游属于大人，撒谎属于孩童，
"下水了吗？""没有。"
相比于毒打，撒谎总来得好一些。
傍晚回家，祖母训问。她伸出
发黄的指甲，在我手臂上划一下，
一道白印子出现在那里。
祖母说，那就是撒谎的标志。
原来，白印子是个告密者。
直到有一天，我的小指甲
在祖父背上划出了同样的白印子。
从不撒谎的祖父说，
还有点痒，再往上挠挠。我兴奋地
挠个不停，一道道白印子像帮我

解开了人生的第一个难题。
"早晚被水鬼拖了去！"再训斥时，祖母
看上去也像只枯瘦的鬼。
她卸下假牙，用空瘪的
口腔说话，有些漏气。她说，
撒谎的人会瞎舌头。
可她说的"舌头"，听上去像"石头"，
类似人体落水的声音。

出河工

我小时候，每到冬天，
村子里的男劳力就要出河工，
他们到几十里或几百里外的地方去挖河。
那些河，在雨季里会重新坏掉，
下一个冬天，他们再去挖。如此循环往复。
我记得父亲临行前整理行李的样子，
他故作轻松地哼着小调，
仿佛出河工是件惬意的事。
其实，他没有胶靴，有时要光着脚站在冰碴子里劳动，
直到双脚适应了刺痛，变得麻木。
他不断哼唱的小调儿，是意思大抵相同的几段，
类似现在流行歌曲的样式，
也是古老的《诗经》的样式。
父亲说，将来如果机器代替了人力，

他冬天就会清闲多了。

后来，机器真的代替了人力，但他并没有闲下来，

直到年事已高，行动迟缓，整天

无所事事地坐在凳子上。

只有衰老能让人闲下来。

甚至，他哼唱过的小调、流行过的歌曲，都会衰老。

有个词作家说，歌词只能写三段儿，再多了，

对旋律和歌唱的人就是折磨。

而我以为，对一首歌，衰老才是真正的折磨，

当没有人再唱它，它就老了，

和我们告别，并消散在遗忘中。

到苏州去

崭新的自行车，我们沿着大堤骑行，

春水涨，河面几乎与堤平，

整条运河像在身边飞行。

在某些路段，或转弯时，

河水的反光刺眼。

——落到河面的温和光屑，经过

波澜的炼制，

突然变成了沸腾的白银。

船都高于岸，尤其那些空船，

轻，走得快，像我们

已经来到，却尚未想好怎样使用的青春。

我们交替领先，像比赛，

按捺不住的波浪在体内冲撞。

有时放慢了速度，直起身子，为之四顾，

骑过乡村屋顶、油菜花田。

而当一群雀鸟掠过河面，从大堤上

一冲而起，

我们又兴奋起来，弯下腰

紧蹬一阵，朝着有翅膀的事物大叫，

邀请它们一起到苏州去。

寻味记

煎饼

煎饼为面食，流行于山东、天津、苏北，以杂粮为主，有不易变质、易保存等特点。

小时候随父亲去矿上拉煤，
坎坷的土路，平板车颠簸不停，
一种混乱、鲁莽的力量，通过
勒在肩膀上的绳索
传到我体内，寻找可以冲撞、破坏的东西。
过运河铁桥后，在路边休息，
就着咸菜疙瘩和军用水壶里的水吃煎饼。
拉煤的船队正从桥下经过，
拖船拖出的波浪，翻滚着扑向桥墩，
溅起一波又一波哗啦声。
煎饼是玉米的，金灿灿，散发着香气，
但我肩膀已红肿，没食欲。
然后我们上路，双肩似乎更疼了。

我还发现，那只原来灌满了水的沉默铁壶，
随着路的颠簸，剩下的水在里面
也在冲撞，不断发出响声。
掉了漆的铁壶，像一个冰冷的身躯，
无法处理好那些响声。

驴肉火烧

现烤的火烧趁热夹上驴肉，再加以驴冻，外热里爽，乃人间美味。

燕赵壮士老崔，带我去看赵州桥。
他大概也察觉到了，那桥没什么看头，所以，
又带我去吃驴肉火烧。
他说，天上龙肉，地下驴肉。
他说，这里有些地方，把驴肉叫鬼子肉……
我百度了下，这样叫的原因是，驴脸比较丑，
有点像传说中的牛头马面，于是，
抬头再看老崔，铁塔般的大汉，有点像钟馗。

地图鱼

地图鱼属热带观赏鱼，形态别致，同时肉味鲜美，可食用。

我在观察水箱里的地图鱼。忽然想，
从它有趣的名字中，还能拆出两个另外的词：

地图和鱼。

如果拆出地图，我们将回到冬天，
那时，易水寒，地图卷着，
里面，一枚匕首在变冷。
如果拆出的是鱼，
则它刚刚烹好，冒着热气，
另一枚匕首在其中灼烫。

再拆下去，欢宴将拆成悲歌，酒和音乐
则只能用于永别……

大概对我的注视有所察觉，地图鱼
猛地摇一下尾鳍，从我的目光中
摆脱出来，皮肤上波动着
出处不明的斑斓纹理。

乌贼汁

乌贼汁食之齿黑。古代也作墨用，但墨迹不持久，不久后会自动消失。

此处诗人不写诗，
此处，诗人写下的借条，字迹已消失。

此处，你要他的锦心绣口，
他让你看他的满口黑牙。

德州扒鸡

据传，德州扒鸡诞生于康熙年间，煮鸡的小弟嗜睡，把鸡给煮过了，结果鸡肉脱骨，异常好吃。后作为贡品，被康熙皇帝御封"神州第一奇"。

烹饪术讲究把握火候，
但疏忽间也会有惊喜，
德州扒鸡如此，
东坡肘子如此，
蚝油臭豆腐爆米花热干面亦如此。

所以，就让锅里的东西再熬一会儿，
在它们成为焦炭之前，
先成为奇迹。

狮子头

狮子头为淮扬名菜，本名"葵花斩肉"，因用肉圆子做成的葵花心有如雄狮之头，而得名狮子头。

狮子头要趁热才好吃。

但在下箸之前，还是有一小会儿，
可以用来想想问题。比如，
这狮子头真的像雄狮的头吗？
如果有点像，是非洲草原上的那种？
还是衙门前庙门前的那种？
而大门口的，与非洲的是什么关系？
有时，楼下的人在舞狮，楼上的人在吃狮子头。
锣鼓声催促，楼下的人
正把头藏在狮子的头里。
而联想就像碎肉机在工作，就像
把佐料拌进脑袋里。
有时楼下没有人舞狮，非洲狮眼神淡漠，
门前的石狮子冰冷。
只有碗里的狮子头冒着热气，你面对它，
像面对着一种莫名其妙的胜利。

一捧雪

浙东菜，以水果块、果脯蜜饯打底，上盖冰糖蛋清。以蛋清如雪得名。传宋高宗逃亡中曾食之，后列为宫廷菜。

皇帝心里苦，
所以盘子底要铺些水果。
皇帝心情灰暗，
所以菜要做得绚烂如雪。

北方的雪，落难的雪，苦的雪，

落到盘子里，吃着吃着有点甜。

所以，南宋，实际上是从一道菜开始的，

下箸换了心境，停箸换了人间，

其后，天下事只是半件事，

如烹小鲜。

猪肉与猪头

1.扣肉的"扣"字，原为寇，于抗倭时被命名，后改为扣；2.宋《仇池笔记》载，王中令平巴蜀，过一小庙，有醉僧献蒸猪头，王食后以其为美馔，遂封醉僧为紫衣法师。

将军炖猪肉，老僧蒸猪头。

不同的烹饪法，串通了世内世外。

猪肉名寇肉，倭寇之肉也，

猪头则要蒸得熟软，蕉叶裹，杏浆浇。

将军咬牙切齿，老僧气定神闲，

如今，两者皆美，

一边，寇肉已改名扣肉，

另一边，提着猪头去找庙门。

霸王别姬

为徐州菜，又名龙凤烩，以应楚霸王项羽与虞姬故事。最早以乌龟与鸡同蒸，后以甲鱼代乌龟。

霸王别姬，是人的问题。
叫龙凤烩时，则是神话问题，
兼半动物问题。
到了厨师那里，才彻底变成了动物问题。
我曾经问：乌龟好还是甲鱼好？
他们意见不一。
我又问：鸡呢？
他们都认为，用什么鸡都是恶作剧。
解决掉争端的，是厨房里的蒸笼，把所有
历史遗留问题一股脑转化为
火候问题。
而下箸时，挑剔的食客认为，
所有问题到最后
都是味道问题。

鼋汁狗肉

民间所传，樊哙少时为狗屠，刘邦每过泗水白食狗肉时，水中大鼋载之。后樊哙怒杀大鼋，与狗肉同煮，得此美食。今配方中无鼋，以甲鱼代之。

把一只现实主义的甲鱼放大到足够大，
就能得到一只浪漫主义的鼋。

把现实主义的食谱加上传说，

就能得到浪漫主义的菜。

当味蕾陷入狂欢，

我们沉重的舌头变成了轻盈的摆渡人，

那破浪而来的无赖

看上去就有些可爱了。

为了这可爱的合法性，我们还要把说谎

上升为艺术。甚至，

把一只本不存在的鼋煞有介事杀掉。

终于，我们接近成功地忘记了

甲鱼的存在。

托板豆腐

临清运河传统名小吃，因把豆腐切成骨牌大小的长方块放在木板上食用，故名托板豆腐。

一个普通的早晨，

草茎上结着霜，

木板上，一块豆腐冒着热气。

一个普通的早晨，

没有远方要奔赴，

没有阴谋和阳谋。

运河水静静流着，

木板上，一块豆腐冒着热气。

软软的豆腐，新鲜的豆腐，
对于正开始的一天尚且
无所知的豆腐。
运河流，运河枯，
仍在木板上方方正正的豆腐。

这是冬天，比起呼啸岁月、风起云涌的
王朝和年代，
一块木板上的豆腐因为
没有变成神话或传奇而正在
冒着缕缕热气。

烤鸭

烤鸭最初是南京美食。朱棣迁都北京，烤鸭技法随之传入北方。后经改良，成为现在日常所见的烤鸭。

有人说：没有一只鸭子能活着离开南京。
我想，北京的情况也大抵如是吧。
我还知道，如果美味是梦幻，通向它的食管
必然长长的，比任何朝代都长。
是的，偶然，我们内心的愧疚和罪恶感
有过摇摇摆摆的形状。是的，

它们不在水里，就在火上，拥挤在
一起的时候，会蹒跚，叫，像跻身于
一个热闹的微型社会。每一只
单独承受集体的命运时，才无比孤单。

流变，或讲述的尽头

1

那是重新被定义的岁月：空气中，
惶恐的信号消失了，
大野恢复了从容的气息。
季节转换，在纤夫的号子和船歌里，
没有迟到者，也没有走得紧迫的光阴。安乐，
像宜人的事物，面目清和，充满趣味。
——所谓繁华，就是总有新的开始，就是
砚台和竹管凉凉的，但激情在研磨，且墨已知道
温热、河流般的笔画能描绘什么。
城池稳固，民谣飘荡，烟花满足于把握住的一瞬，
最好的瓷器已被烧出，那火
是喜悦的，因此才有新雨后，
天空般的颜色从其中滑出。
大门开着，大道宽阔，彩羽春心葳蕤，
而顺着波浪，总能找到
酒肆、戏台、唱腔、舒卷的水袖。

如同生活在答案中，所有问题都像小小的漩涡，

已被流水随手解开。繁华，一程又一程，

无穷尽，一座青山做了上阕，必有

另一座青山愿意做下阕。

在那属于运河的岁月，那么多的东西与它相伴，

当它浩浩荡荡，强者有力，天地震动；

当它涓涓静流，春风柔肠，软了腰身。

长河入天，锦绣入针尖，

桨声灯影，山河的绚烂正当其时。

2

和那些朝大海下行的河流不同，

从南方到北方，它一路都在上升，

船闸落下，它一截截升起。

河道也在上升，码头悬于空中，它的光

颠簸在算珠、辞赋、舞姬们旋转的霓裳间。

歌声在天空里过夜，水的裸体

要到天亮后才着衣。

有时，它是山歌的水，粗陶、花布、烧酒的水，

有时，它是醉了的汉子和踉跄的王朝的水。

河太长了，有人隔着河在争论，

岸总是对的，朝代却会出错，年号消失后，

刀口、铠甲上锈住的光，像水渍。

所以，水到最后会变成

我们称之为无的东西。而一些
从河流泛滥过的地方回来的人，脸
被黑暗遮蔽，他们的沉默，
像消失了的船的沉默，
像仅有的几座古桥的沉默，
水中的影子，让我们所处的世界起伏不定。
而真实的水在滚动，大河向西，向北。
—— 一定有更远的远方，
我们和河流都未曾去过。

3

也许你认为，只要把好舵，
就能把握住河流。但这正是
生活的神秘与危险所在。不知不觉，
你的声音像河床，
你的黑发变成了河水的颜色。
运河水，它是否也会有另一个源头？
某个饮酒的黄昏，船不动，
你听见河水在走，在寻找。
太阳、月亮，都在发出脚步声。
如果运气好，紊乱的水纹
会被恩惠般的手指梳理出来，出现在
木案、书简、织物的
花边里，有了教养

和秩序，进一步吸收人世的温情。

而在帝国的脉跳中，波浪总是癫狂。

它没有枯竭是因为

命运未曾出场，还不存在失控的事物。

有时洪水暴发，有时河道淤塞，

欢乐需要苦心经营而灾难

总是不期而至。

乱世之秋，地狱仿佛放了假，

运河上的人群波浪般溃散，甚至，

庞大的帝国，也想挤上一艘逃难的小船。

运河吃力地拧着身子，但河道最后

留了下来，像个悲伤的遗民。

那不知是谁的命运，田亩一样显露，

搁浅在那里。

4

有些声音像水，像船在加速，

有些情节像鱼，从钓竿下逃离，

有些典故摒弃了不安，像垂柳的疖瘤。

有些影子能治愈失明，另一些

像无声的神甫朝着教堂走去。

有些叙述更靠近永恒，像大河，另一些

像支流，消失在前者里不知不觉。

有些文字闪着光，

有些文字闪着灯光的光，

有些人不死，只是消失了，

有些人选择死，因为待在激情中是如此窘迫。

有些夜晚，一本书中的运河

流到另一本书里就会改变流速，

或慢慢干涸。

但它仍能穿过梦境。而梦

总是多变，让后来

面对神话的人手足无措。

5

所有讲述，都像是对

无法再触碰的讲述的讲述。

南宋时，范成大使金国，"河已塞"，

他写道："车马皆由其中，亦有作屋其上……"

记载，内含无法被凝视的空间，其中，

荒草追逐，而真实的存在

是文字对空缺事物的热望，是雨

从某个遥远的时间开始，并再次落进

无法把握的现实中。

桥墩曾经散发出苦味，旋涡

像无法被听取的喊叫。

大河上鸟儿飞翔，像古老家族

剩在天空里的最后的遗产。

"唐德宗之饥年，醉人为瑞。

梁惠王之凶岁，野莩堪怜。"

没有一种声音，能帮助河流释放它的狂躁。

犹如波浪的诘问，犹如

只有水才能准确地讲述火，

——它知道我们心中的火、焚毁城市的火，

知道铁武士、纸宫殿……

但没有慰藉，那水流淌着，

在失效的嘴唇上无法得到休息。

讲述的尽头，是语言

建造的另一座博物馆。

而摆放在博物馆里的一艘帆船，

却早已穿过千山万水，静静泊在

那些失踪的情节里。